宇野千代 女の一生

宇野千代
小林庸浩 ほか

とんぼの本

新潮社

宇野千代　女の一生

目次

宇野千代は「最も善く出来た田舎者」？……4
彼女がヘア・スタイルをよく変える訳……8
別れも引越しも、また愉し……10

Ⅰ
幸せを呼ぶ、千代流暮らしのスタイル……12
この単純な暮らしが、私は好き……14
お洒落は文明人の義務である……16
桜の花は故郷の花……18
一日も休まず、机の前に座る……22
麻雀のない人生なんて……28
熱中する、夢中になる、そして何かが始まる……30

Ⅱ
心をかけた自慢の料理……36
故郷の味　岩国料理……38
創意工夫のお惣菜……40

Ⅲ
創る喜び、着る楽しみ　きもの図鑑……46
幸せの「桜吹雪」をまとった米寿祝い……48
一二九枚の古ぎれを繋いだモダン「切りばめ」……50
お気に入りコーディネート集……52

Ⅳ
日本初のファッション雑誌「スタイル」創刊……60
天才編集者、宇野千代誕生……62
戦時色に染められて「女性生活」……65
女たちは待っていた「スタイル」復刊……66
暮らしに着物を「きもの読本」……69

Ⅴ
いつだって幸せ、夢中の人生　文・保昌正夫……72
故郷岩国から十八歳で踏み出した放浪人生……74
尾崎士郎との結婚生活に、馬込文士村は華やぐ……78
東郷青児との暮らしは、出会ったその日から始まった……82
文学と「スタイル」と北原武夫に、情熱を傾けた日々……86
パリへ、シアトルへ、吃驚仰天の欧米旅行……92
別れを乗り越え、「淡墨の桜」のように生きて行く……96

Ⅵ
これが私の「家宝」です……100
天狗屋久吉の阿波の人形……100
小林秀雄の生原稿と肖像画……102
青山二郎の煙管と灰落とし……104
谷崎潤一郎の朱塗りの箪笥……106
パリが結んだ友情……108
好きなものに囲まれる安らぎ……110
友人たちからの手紙……112

Ⅶ
本の装い……114
モダンな香りに包まれた本……116
青山二郎の美しい装幀……118
桜、花、小紋で飾る……120
特装本の世界……122
主な著作リスト……124

年譜　駆け抜けた九十八年の軌跡……126

［先生との36年］　藤江淳子
①お洒落しないのは泥棒よりひどい……17
②自分の惜しいものを人にあげなさい……26
③凝り性だけど、飽きっぽい……32
④涙なんて、涙腺の問題……34
⑤忘れられない「カニカマ事件」……44
⑥生き方も、着物も、すべて宇野千代流……58
⑦東郷先生の最期のポケット……117

宇野千代は「最も善く出来た田舎者」？

桜の着物の似合うひと。いっぱい恋をしたひと。とっても長生きをしたひと。あなたは「宇野千代」に、どんなイメージを重ねるだろう。千代は明治三十（一八九七）年、山口県の岩国生まれ。作家として、着物のデザイナーとして、九十八年の一生を生き抜いた。三度も結婚をしたことから、奔放で華麗なひとと思われがちだが、さて、果たして――？

　友人青山二郎は、かつて千代を評して、「最も善く出来た田舎者」と言った。同名の随筆に、「宇野千代は写真屋の様な見方をする」「芯からの空想家」「一家の震源地」とも書く。独特の毒をもったような言い方に、どきりとさせられる。けれども、千代とは長年、男女の恋情を超えた〝不思議な友情〟で結ばれていた青山だからこそ、の言葉であった。

　千代は『私のしあわせ人生』にこう書く。「私はいまになっても、この言葉を忘れることが出来ない。この私に、こんなに適切な言葉があるだろうか」「故郷の血が濃い、と言う点で、生まれながらのもので、得をしている、と青山さんが言ったので、実のところ、田舎者と言われたことで、とても満足しているのである」。実際、千代は若い頃、どんなに貧乏で着のみ着のままの暮らしでも、前だけを見つめてがむしゃらに生きてきた。「泥棒と人殺しのほかは何でもした」とは有名な台詞。その姿勢は、最後まで変わらなかった。〝粋〟に憧れたからこそ、いち早く断髪にし、モダンな着物をデザインした。小林秀雄や青山二郎ら親交のあった文学仲間の才能を終生尊敬した。卑屈なのではない。背伸びせず、真剣にひたすら「真似」をすることから、新しいものを創り出す。それが千代流なのだ。青山は、そんなナイーブで自然体の千代の本質を誰より先に見抜き、親愛の情を込めて「最も善く出来た田舎者」と呼んだのではないか。

　こんなにも美しく凛々しい「田舎者」、見たことがない。人生に恋して、夢中で駆け抜けた千代に、その生き方を学ぼう。

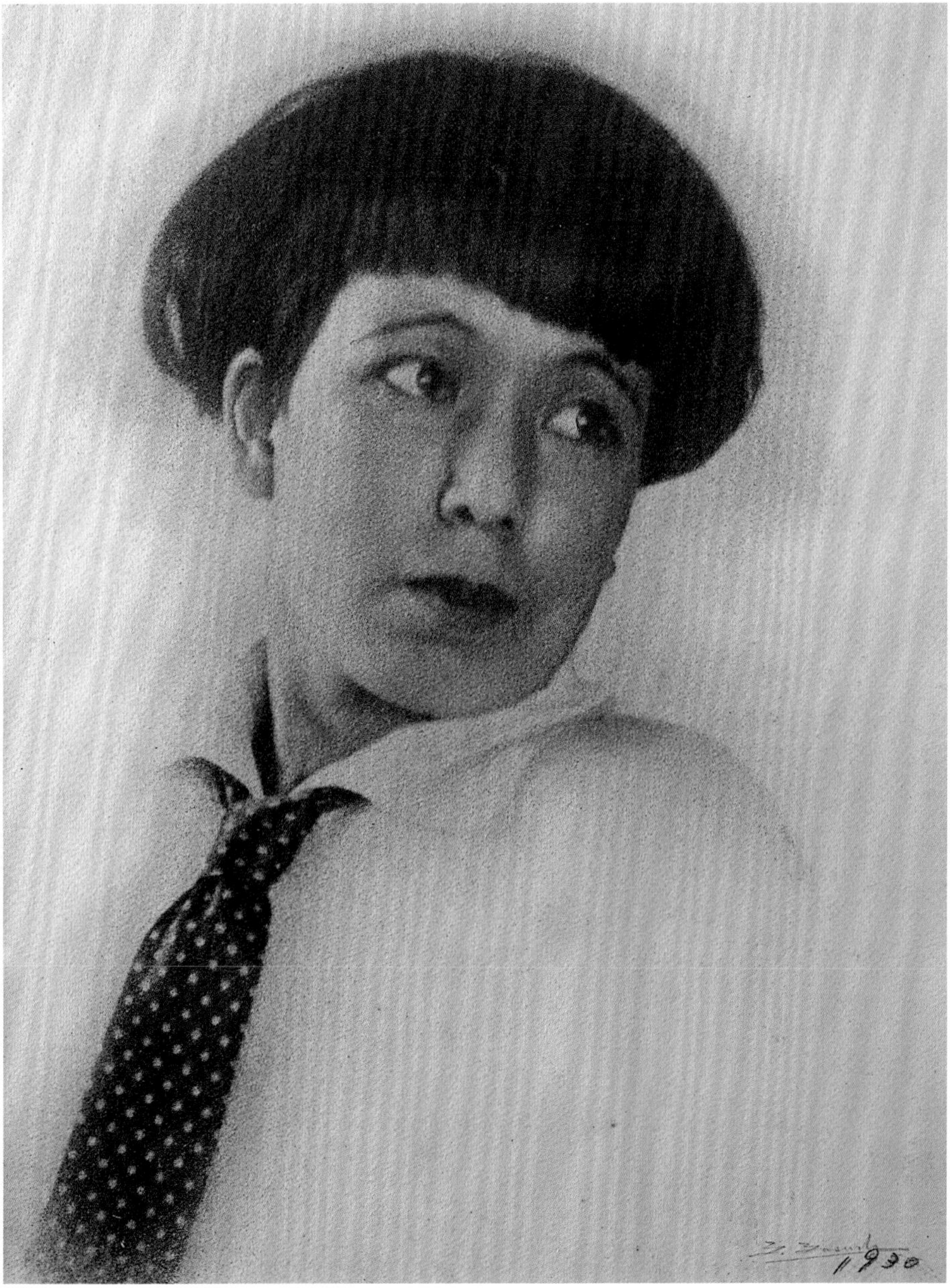

昭和初めの千代の肖像画。流行に敏感な千代は、
いち早く断髪にして注目を浴びた。作者は不明

昭和16年、44歳。小石川林町の家で庭に打ち水をする。透き通るほどの素肌、粋な着こなし、身のこなしは、まるで女優のよう

上／昭和27年頃。50代半ばの千代は、自ら編集長を務める雑誌「スタイル」のモデルとしても活躍　下／昭和25年、53歳。当時、選り抜きの資材を用いて建てた、木挽町の自宅で。スタイル社の全盛時代

上／昭和7年頃。初めて自分でデザインした着物を着て。色半襟がお洒落　下／昭和27年頃、自らデザインした、ちりめん地に染めの浴衣を着る。これも「スタイル」誌のモデルとして

上／昭和10年、38歳。東郷青児と別れ、代表作の一つとなった『色ざんげ』を刊行した頃。淑女には洋装もよく似合う　下／昭和27年頃、「スタイル」誌のモデルを務める

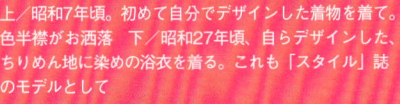

大正10年頃、24歳。
札幌に住んだ時代

大正13年頃、27歳。
尾崎士郎との〝蜜月〟の頃

昭和2年、30歳、馬込時代。
前髪を下ろして

彼女がヘア・スタイルをよく変える訳

昭和3年、31歳。伊豆湯ヶ島で。
少女のような清らかさが漂う

髪型を変え、雰囲気を変えるのが上手なひとだ。昭和初期の馬込文士村で誰より早く断髪にし、物議をかもしたことは有名な逸話。でもその〝変身癖〟の訳は、生来のお洒落好きだけではない。〝尽くす女〟の千代は、髪型も服装も男の好みでくるくる変えた。尾崎士郎といた頃は銀杏返しに髪を結い、東郷青児にはパリ直輸入の洋服を着て見せた。百六十センチ、当時にしては長身の千代は、顔の長さを隠すために髪型も工夫したとか。晩年まで週一度の美容院通いは欠かさなかった。

千代の斬新なところは、「まず美容院へ行って、きれいに髪を結ってごらんなさい」（『生きていく願望』）、お洒落すれば新しい恋はすぐ見つかる。そう女たちを励ましたこと。髪型より何より、その姿勢がとってもカッコイイ！

昭和10年、38歳。
スタイル社立ち上げ直前の頃

昭和6～7年、34～35歳。
控えめな日本の女性風

昭和初年頃か。
ショートヘアで快活な印象に

昭和6～7年、34～35歳。
きっぱりとおかっぱ頭

年代不明。
ショートで少年のような雰囲気に

昭和10年、38歳。
キャリア・ウーマンらしく、
きっちりまとめる

昭和8年、36歳。
東郷青児と暮らす。髪も洋装に合わせて

昭和17年、45歳。
小石川の自宅庭の菜園で作業中

右と同じ頃か。
和服に合わせて、大人の女性らしく

昭和13年、41歳。
「スタイル」編集でバリバリ働く

昭和30年代、60歳頃。
ニューヨークで買ったネックレスを胸に

昭和23～24年、51～52歳。
表情に色っぽさが漂う

昭和12年、40歳の頃か。
ファッション誌編集者らしく、
前髪もキュート

別れも引越しも、また愉し

故郷岩国からたった一人で海を渡ったのが十八の時。朝鮮の京城（現ソウル）、京都、東京、札幌、再び東京と、千代は〝放浪人生〟を歩む。〝駆け出しお千代〟の渾名のとおり、愛する人ができると突進し、去られたら「よよと泣かない」で次なる出会いへと駆け出していった。

千代は七十年以上暮らした東京でも家移りを愉しんだ。馬込村に尾崎士郎と小さな家を持ったのを皮切りに、終の住処の南青山まで、十三軒の家を建てたとか。「いつでも、生活の始めに、まず、家を建てる。この私の習癖は何なのか」（『生きて行く私』）。素敵な家を見ると感動し、あんな家を建てたいと思う。思うとすぐに行動を起こす。新しい家で始まる生活にわくわくする……。

千代の好奇心と行動力が、別れも引越しも、愉しみに変えた。

❶湯島天神裏
1917年、東京生活のスタート。従兄の藤村忠の東京帝大進学にともない、20歳で初上京した際の下宿。

❷小石川駕籠町
同じ年、現在の文京区、六義園の近く、路地の奥にある女髪結いの2階に下宿。本郷3丁目の西洋料理店、燕楽軒に通って給仕を務め、滝田樗陰や今東光らに出会う。

❸菊富士ホテル
1922年、25歳。約1年半暮らした札幌から再上京。尾崎士郎の滞在する本郷菊坂のホテルに移住。

❹馬込村
翌1923年、尾崎とともに現在の大田区南馬込、「馬込文士村」へ。まず、大根畑の中に藁葺き屋根の納屋を改造した家を建て、その後、隣接する土地に赤い屋根の洋館を建築。

❺世田ケ谷町山崎
1930年、33歳。情死未遂事件で評判になった東郷青児の家に暮らす。現在の世田谷区梅丘のあたり、「木立の深い邸」だった。

❻世田谷の淡島
翌1931年、東郷との新居として現在の世田谷区代沢に白い洋館を新築。「コルビジェ風」のモダン住宅で、アトリエやサロンもあった。

❼四谷大番町
1934年、37歳。現・新宿区大京町の借家の2階を仕事場とする。ほどなく東郷とは完全別居。10畳と2畳の二間きりの「私のたった一つの城」は、1936年創刊の「スタイル」誌の編集室も兼ねた。

❽千駄ヶ谷
1937年、40歳。北原武夫に急接近の頃、住居を渋谷区千駄ヶ谷に移す。

❾小石川林町
1939年、42歳。北原と結婚後、現在の文京区千石の高台に新居を構えた。

❿銀座みゆき通り
1946年、49歳。まだ焼け跡の「銀座のど真ん中」に木造の2階家を新築。1階が住居、2階を再興させたスタイル社の事務所にする。入り口すぐに風呂場を設けた。

⓫木挽町
1950年、53歳。歌舞伎座近くに贅を凝らした数寄屋造りの家を新築。当時、坪あたり25万円もかけた家は、日本中ほかにない、と言われた。

⓬青山南町
1956年、59歳。現在の港区南青山に「たった三間しかない」小さな家を建てて転居。1978年、同じ場所に自宅マンションを建て、その3階に最後まで暮らした。

宇野千代
転居地図

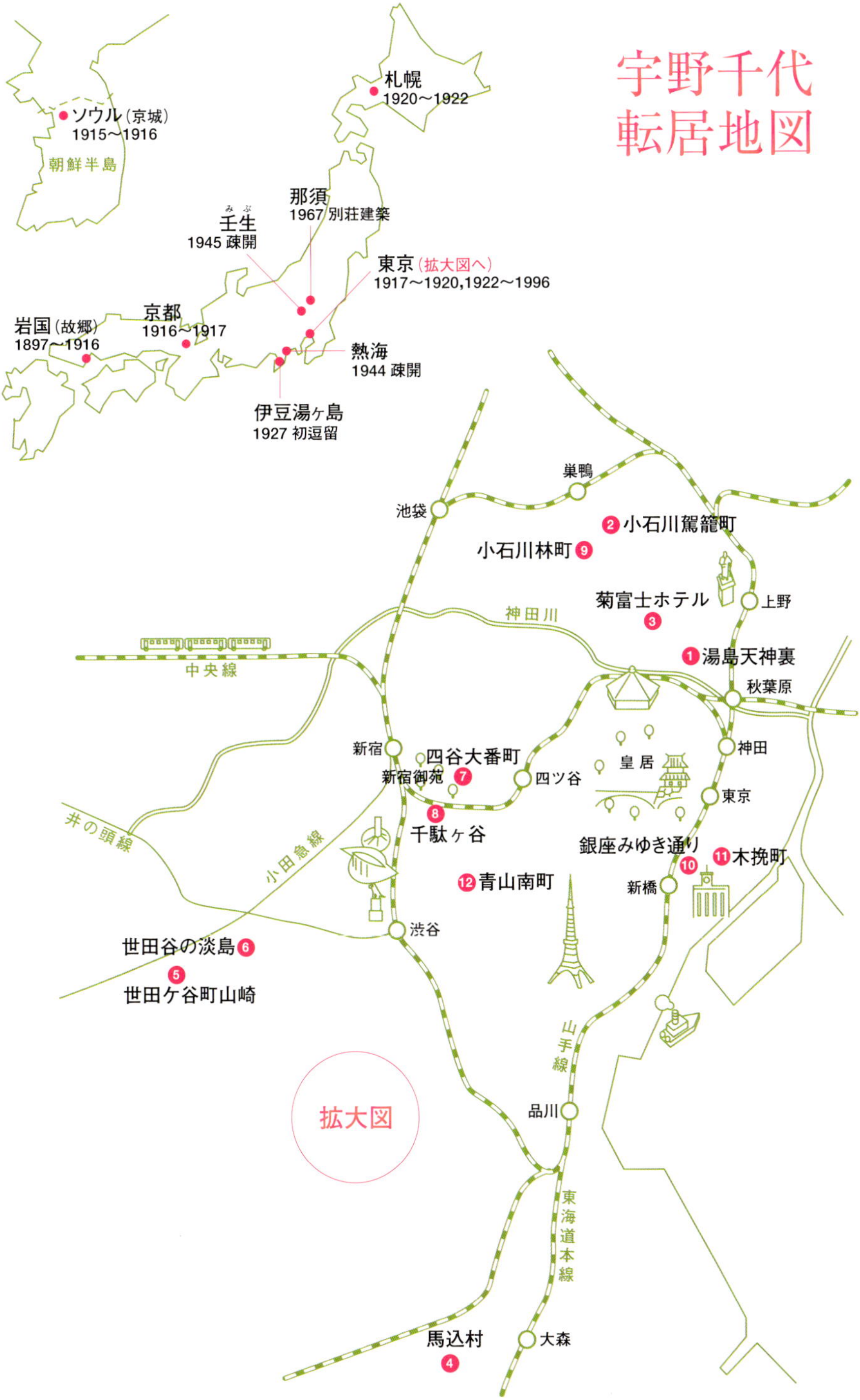

ソウル（京城）
1915〜1916
朝鮮半島
札幌
1920〜1922
那須
1967 別荘建築
壬生《みぶ》
1945 疎開
東京（拡大図へ）
1917〜1920,1922〜1996
岩国（故郷）
1897〜1916
京都
1916〜1917
熱海
1944 疎開
伊豆湯ヶ島
1927 初逗留
巣鴨
池袋
2 小石川駕籠町
小石川林町 9
菊富士ホテル
3
上野
神田川
1 湯島天神裏
中央線
秋葉原
神田
新宿
四谷大番町
新宿御苑 7
四ツ谷
皇居
東京
8
千駄ヶ谷
井の頭線
小田急線
銀座みゆき通り
10
11 木挽町
新橋
12 青山南町
渋谷
世田谷の淡島 6
5
世田ケ谷町山崎
山手線
拡大図
品川
東海道本線
馬込村
4
大森

I

幸せを呼ぶ、千代流暮らしのスタイル

小説を書くこと、着物をデザインすること、お洒落をすること、恋をすること……。千代は、すべてに夢中で生きてきた。すべてを自分流に創意工夫し、明日を見つめて暮らしてきた。そのスタイルは、どんなときもシンプルで自然体。東京・南青山で四十年を過ごした千代の、幸せいっぱい、普段着の暮らしを拝見しよう。

上／晩年の千代愛用の眼鏡。〝ちゃんちゃんこ〟とともに、これもトレードマークの一つ

上／谷崎潤一郎から贈られた井戸茶碗を手に。いつも身近に置いていた　下／池上本門寺へ遊びに出かけた際のスナップ。ちゃんちゃんこスタイルが、よく似合う

上／秘書の藤江淳子（左）と、岐阜県根尾村（現・本巣市）へ向かう旅の途上。根尾村の淡墨桜は、千代との出会いをきっかけに蘇生した樹齢1200年の名木。千代は『薄墨の桜』刊行後も、たびたびこの老樹に会いに出かけた

上右・下／毎日毎日、いつもの机に向かい、執筆した。4B、6Bの鉛筆をぎゅっと握り締め、一字一字丁寧に書く。ペーパーウエイトにした刀のつばも、つねに机の上にあった　上左／ある秋の一日、南青山の自宅で

客間兼居間。調度品は40年間、増やしも減らしもしなかった。床の間にはドウダンツツジやツバキの枝をざっくり生ける。花よりも葉が生き生きしているのを見るのが好きだった

この単純な暮らしが、私は好き

絨緞敷きの日本間に、大きな座卓が一つ。続きの小部屋には仕事机。何の飾りも余計なデザインもない。これが千代の愛した終の住処だ。何ごとも「単純明快が美しさの原点」を旨とする千代ご自慢の〝単純な住まい〟なのである。

千代がここ南青山に越してきたのは昭和三十一年、五十九歳のとき。小さな一軒家を、後にマンションに建て替え、その三階を自分の住居とした。「八畳の寝室兼書斎、二十畳の客間兼居間、十畳の台所兼食堂、そして四畳半の納戸、これがすべてです」(『私の幸福論』)。衣食住に必要な間取りだけで、そのどれもがたっぷりとしている。この空間に、大好きな思い出の道具を置き、執筆に、着物のデザインに、台所仕事にいそしむ。そして夜は、翌日やるべきことに必要なもの

客間兼居間の続きに、ガラスケースに入れた浄瑠璃人形が置かれた寝室兼書斎。朱塗りの箪笥や浮世絵も、すべて千代の大切な「家宝」。その縁については100頁からをご覧下さい

背の部分に桜の花びらが彫られた椅子は、木工芸家の熊谷健一氏に作ってもらったお気に入り

気が向いたら、飾り棚のものを置き換える。〝値段は安くても、形が単純で、色が目立たないもの〟を身の回りに置いた

を座卓の上に準備してから就寝。「箪笥でも、机でも全部古いものばかりである。（中略）自分の体になじんでいるものが、一ばん好いように思われる」（『私のしあわせ人生』）。千代流暮らし方の極意だ。

若い頃から使い馴れた鏡台と手鏡。
朝に晩に塗ったオリーブオイルは、
小豆島産がお気に入り

お洒落は文明人の義務である

「お母、お母《かか》、早う来てお見い。わしはこんとに別嬪になったぞよ」「ありゃ、ほんとじゃや。そこの白粉をおつけたのかや」（『生きて行く私』）。娘時代、ふと千代は母の白粉を刷毛につけて顔を撫でるや、色黒の地肌が隠れ、世にも美しい顔になったと言う。以来、千代はお洒落を愉しみ、毎朝化粧を欠かさなかった。お洒落は自分のためだけにするのではなく、自分に接する人の眼に気持ちよく映るようにするもの、お洒落は人としての義務である、が千代の哲学であった。

［先生との36年］
①
藤江淳子

お洒落しないのは泥棒よりひどい

愛用した櫛や白粉を刷く板刷毛。お洒落な千代は、晩年も変わらず毎朝化粧し、一週間に一度は美容院へ通った

私が仙台から上京し、この青山の家で宇野先生のお世話をする仕事に就いたのが昭和三十五年。そのとき、先生は六十三歳。北原武夫先生とは、同じ敷地内で母屋と離れとに別居していました。それから三十六年間、先生と暮らしたわけですが、先生は一緒に暮らしていてほんとに飽きない人。先生と私は相性が良かったんでしょうね。「尊敬」だけではもちません。そう、「相性」だけと言っても過言ではないと思います。

私が来た当時、先生はスタイル社（昭和十一年に創立）が倒産したばかりで、とても貧乏でした。食事と言えばシャケとご飯。もっともその後、少しはお金が入ってくるようになってからも、シャケでご飯食べてましたから、シャケがお好きだったんですね。アジの干物とか、ホウレン草の胡麻和えとかがお好きなんです。うちは大威張りで粗食です。粗食だから先生、長生きしたのでしょうね。後年、何でも手に入る世の中になっても、食生活はほとんど変わりませんでした。

先生は普段起きるのが七時半から八時。私が「おはようございます。ご気分はいかがですか？」と挨拶すると、どんなときでも必ず「最高ですよ」と返ってきました。入院しているときですら「最高ですよ」って。

お化粧も昔から同じで、ほんの五分。顔を洗ってオリーブオイルを塗り、白粉をちょちょっとはたいて、頬紅を少し。眉を描いて口紅を付けてお終い。そんなごく簡単な化粧なのに、突然人が来ると、たとえ親戚のような間柄の人でさえ、素顔のままでは絶対に「会わない」って言うんです。私にしてみれば、素顔でも全然おかしくないと思うのですが、先生は「恥ずかしいこと」と思い込んでいるんです。「お洒落しないのは、泥棒よりひどい」と言っていました。

デザインした小紋の一部。桜の花は「幸福のシンボル」であり、「単純明快だからこそ美しい」。終生飽きることのないモチーフであった

何故、桜の花が好きかって？
一言で言えば、
その単純明快な形の美しさですね。
五弁の花びらの形づくる
この単純明快な歯切れのよい
美しさに惹かれるのです。
桜のその単純な美しさは
デザインによって、
さまざまな表情を生むのですね。
そこにつっ込んでもつっ込んでも
飽きることのない深さ、
面白さを感ずるのです。

（『私の幸福論』）

訪問着にもなる生地で仕立て、刺繡で花びらを散らしたちゃんちゃんこ。半幅帯を締めた上に羽織れば、軽くて着やすいお洒落着になる

愛用の浴衣姿で、自らデザインした着物を広げる千代。日本人の生きている限り、日本の着物である和服は滅びない、と千代。しかし決して古い慣習に固執することなく、つねに新しい発想で着物を作った

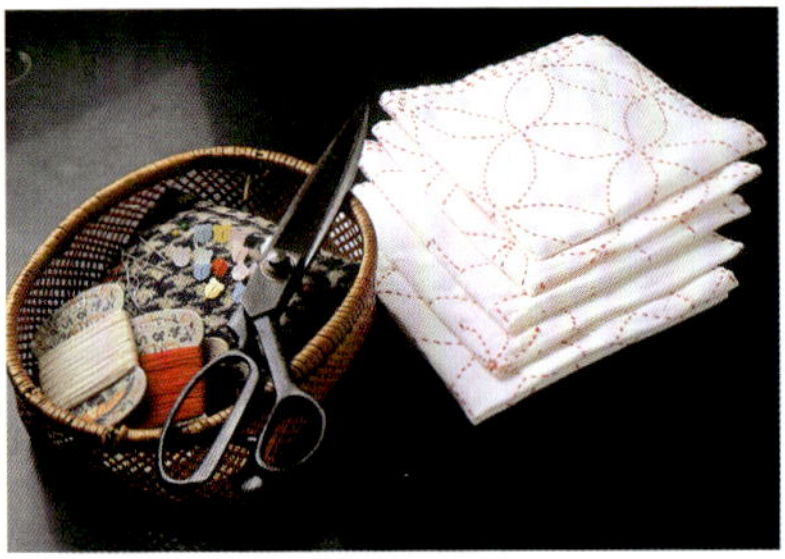

千代の裁縫道具。針山は手製、裁ち鋏も相当に古い。岩国の女学校で週に13時間も裁縫の稽古をさせられ、十二単の縫い方まで習ったとか

宇野千代と言えば「桜」。そんなイメージをもつ人は多いだろう。敬愛する友人、小林秀雄から樹齢千二百年の老樹桜の話を聞いたときは、岐阜の根尾谷まで飛んで行ってその淡墨桜にのめり込み、米寿の祝いでは、黒地に桜の大振袖をまとって登場、周りを魅了した。

千代を大の桜好きに育んだのは、故郷岩国。錦川に架かる錦帯橋を挟んで、街中が桜の花で埋まった光景を、幼い千代は眼に焼きつけた。そして後年、お洒落が好きで、着物が大好きな千代は、自分で着物のデザインを手がけはじめると、その大好きな故郷の花、桜の花びらを重要なモチーフとしていく。着物ばかりでなく、帯、羽織、さらには浴衣にも花びらを配し、自ら愛用。春夏秋冬、一年を通して美しい桜を愉しみたい。それが千代の自然な気持ちなのである。

晩年のトレードマーク〝ちゃんちゃんこ〟は、千代が考案した自慢のスタイル。もちろん、大好きな花びらで彩った。

紺地に白い桜の花びらを、白地に紺の花びらを、くっきりと染め散らした浴衣は、夏の普段着に愛用した

一日も休まず、机の前に座る

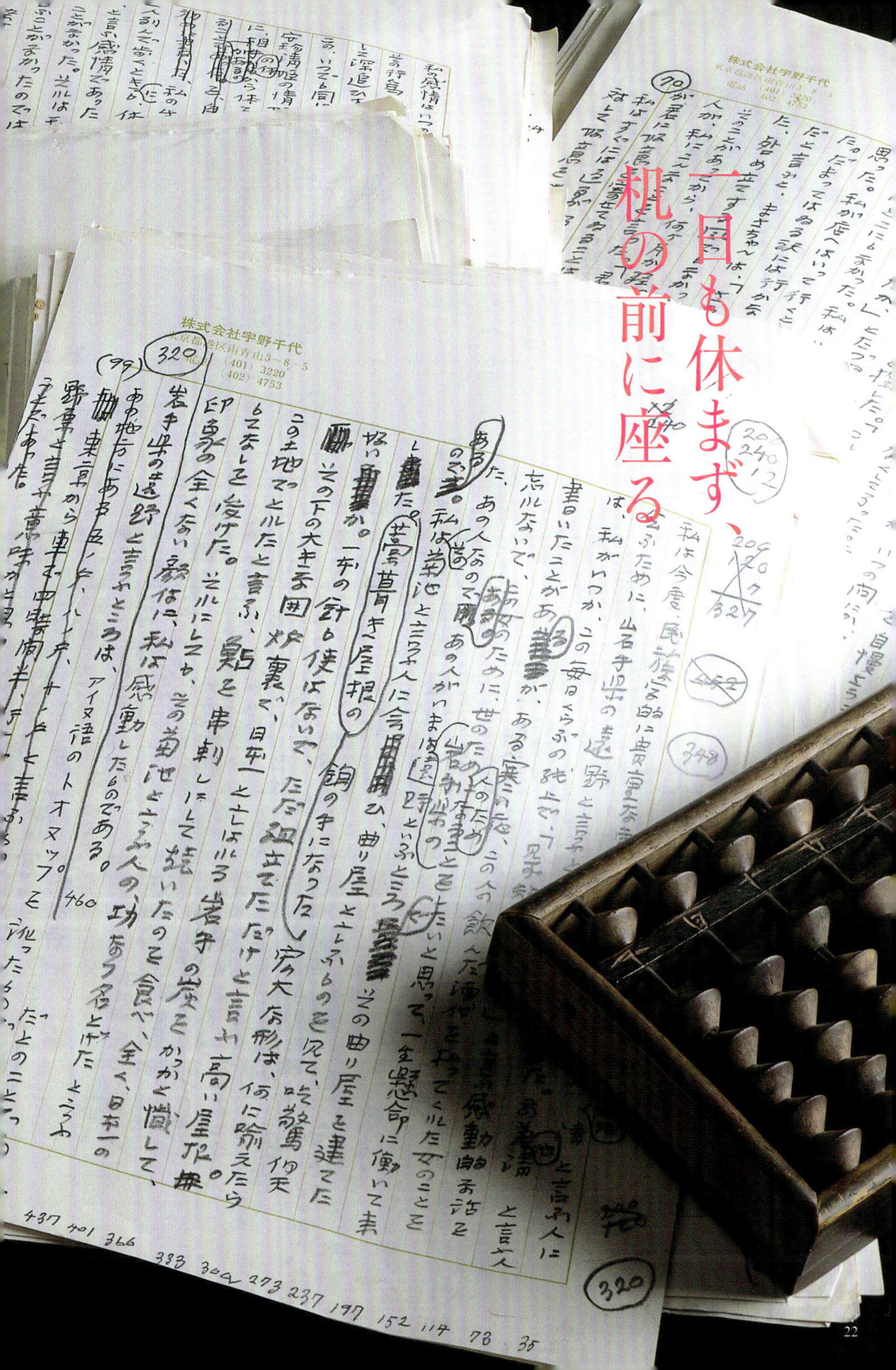

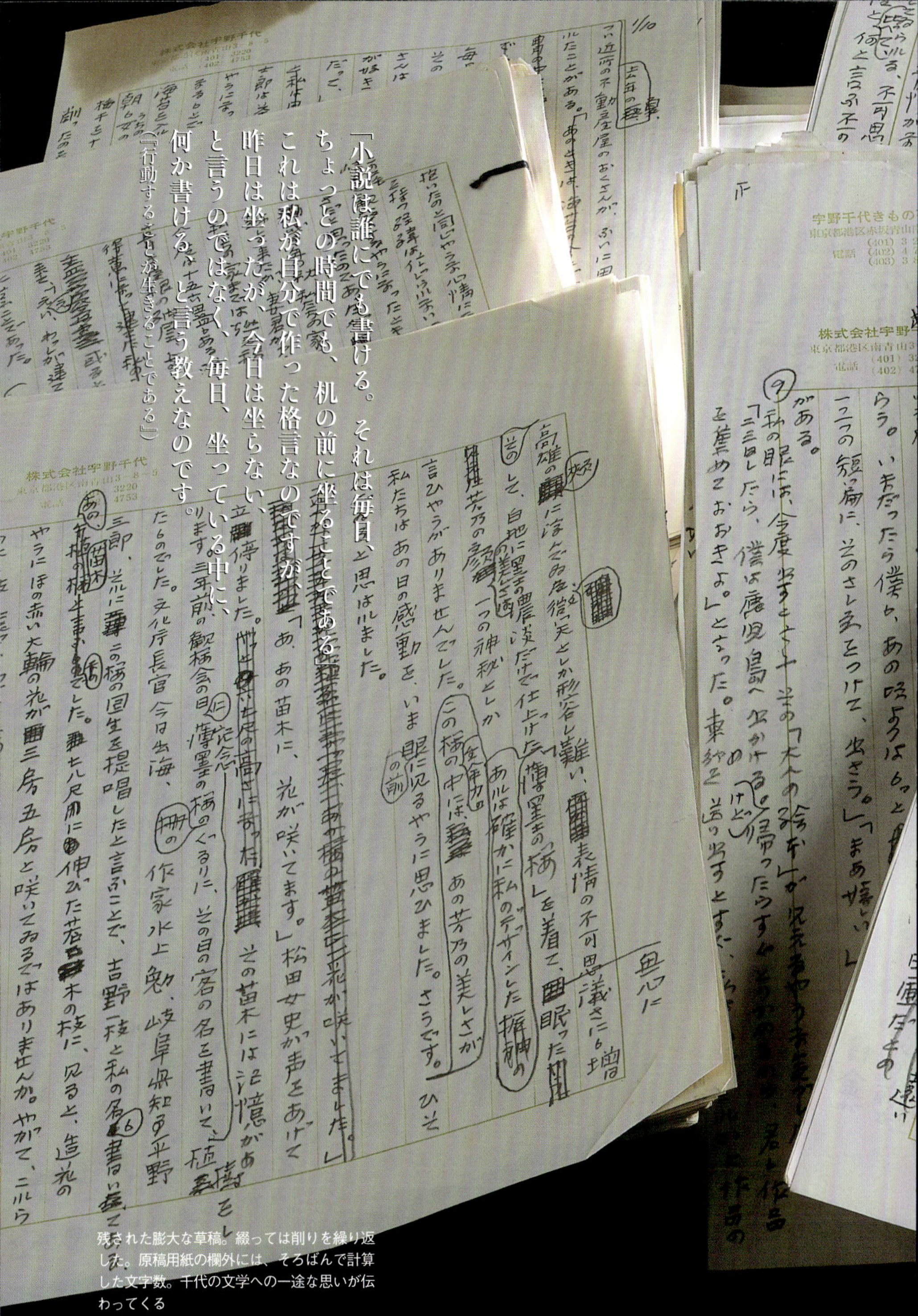

「小説は誰にでも書ける。それは毎日、ちょっとの時間でも、机の前に坐ることである」
これは私が自分で作った格言なのですが、昨日は坐ったが、今日は坐らない、と言うのではなく、毎日、坐っている中に、何か書ける、と言う教えなのです。
（『行動することが生きることである』）

残された膨大な草稿。綴っては削りを繰り返した。原稿用紙の欄外には、そろばんで計算した文字数。千代の文学への一途な思いが伝わってくる

千代が毎日向かった机。いつでも書き出せるように、つねに原稿用紙をぴしっと広げておいた

愛用した数々の落款。一番の愛読書はドストエフスキー。本棚にある全集を見上げるたびに、勇気を感じたという

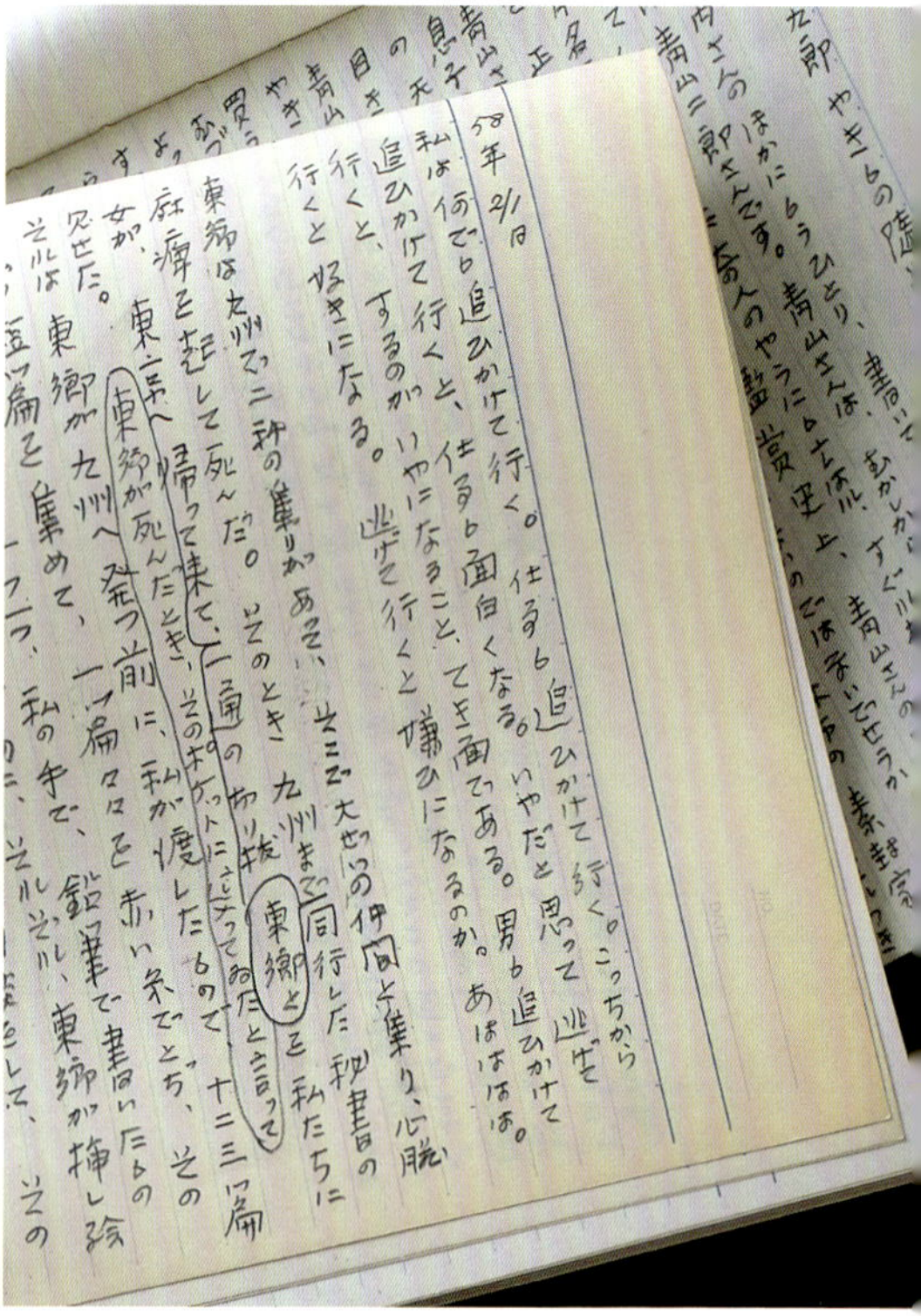

千代の創作ノート。「飛騨の匠でも、左甚五郎はんでも、(中略)ほんに、死んだのが、一番のおとまりでござります。芸のお了いでござります」(『人形師天狗屋久吉』)。この言葉を胸に死ぬまで精進した

着物のデザインは形や色彩で表現する創作。文学は言葉によって表現する創作。千代の手がけた二つの仕事は、どちらも無から新しいものを生み出す創作であった。しかし、「文学の仕事は、自分の心の底に秘めた、ほんとうの仕事である」(『幸福は幸福を呼ぶ』)と断言した。千代は、文学の仕事に対して、決して妥協を許さない。書く喜びは深いが、また苦しかった、とも吐露する。代表作『おはん』の完成に十年かかったように、毎日、ほんの少しずつしか進まなかった。

それでも毎日、机の前に座る。書けても書けなくても毎日同じ机に向かうのが肝心だ、と気付かせてくれたのが、阿波の人形師天狗屋久吉《てんぐやひさきち》だ。七十年間一日も休まずに人形の頭《かしら》を彫り続ける姿勢が千代の心を打った。机の前で七転八倒している間に、「あっと声を上げて叫びたくなるような、これでなくて何を書こう、と思うような或ることを思い付く瞬間」(同前)を得る。精魂込めた仕事が、また新たな創作意欲へとつながった。

執筆に使う鉛筆は、芯が柔らかくて書き易い4Bか6B。何十本もきれいに削って筆箱に揃えておくのが習慣だった

［先生との36年］②

藤江淳子

自分の惜しいものを人にあげなさい

「人間は何でもできると思えば、できる。才能は情熱でカバーできる」というのが先生の口癖でした。私自身、文学志望でもデザインの学校を出たわけでもないけれど、先生に付いて教えてもらっているうちに、気がついたら着物のデザインなどができるようになっていました。

それから「自分を褒めてくれる人のそばに寄りなさい」と言われ続けていました。何でもケチをつけるような人からは、「すぐどきなさい」と。褒められると誰でも良い気持ちだから、もっと一所懸命になったり、工夫したりするでしょう。なんだか、先生のおかげで、この家にいる人間はみんな「おめでたい人」ばかりできあがっちゃったみたいだけど。

先生が悪口や人の噂話をしているのを一度も聞いたことがありません。テレビの「ワイドショー」なんて全く興味なし。ストレスもため込みません。「意にそまない」ことがあったりすると、その場でずばり「こうして下さい」と言ってしまいます。その人がいなくなってから、ああだこうだ、決して言わない。若い作家に対しても「いい作品書いたね。羨ましいよ。私も頑張らなくちゃ」という感じで褒める。人をつぶしたり、皮肉を言うということがないんです。これ、先生が偉いとか偉くないとかじゃなくて、ただ、こういう性格だったということですよ。

その昔、先生は「歌唄い」になりたくて田舎を出たそうですが、「歌唄いにならなくてよかった」と言ってました。「九十いくつになって歌は唄えないけれど、もの書きはみかん箱一個と鉛筆と原稿用紙さえあれば、ご飯が食べられる。いい商売だろう」と。先生にとっては小説

いつもの麦藁手の湯呑に、茶をたっぷり注いで飲む。
シンプルな縞模様が気に入り、何百個と作らせて友人に配った

が第一の仕事ですが、べつにそれを偉ぶるわけではなく、一つの商売としてとらえていました。そう、「稼ぐ」ことは先生は大切なことと考えていました。たとえば「お給料はいらないから働かせてください」と言う人は、大嫌い。「お給料はたくさんください。頑張って仕事します」と言う人が好き。給料はいらない、などという人には、責任ある仕事を任せられない。じつに理にかなった先生の持論です。だから、お金を稼ぐことが「いやらしい、恥ずかしい」なんて思っている人の方こそ、「おかしい」と、ね。

　そして、とことん気前のいいひとでした。人を喜ばせることが大好きで、サービス精神が旺盛。人にものを差し上げることが大好きで、自分の着物だってどんどん友だちにあげてしまいます。北原先生が家を出て行ったときも、いい食器類は全部持たせてしまいました。自分の台所からわざわざ探し出し、五個組みにして差し上げたりね。先生は人にものをあげるのに、「自分が惜しくてたまらないものをあげなさい」という考え方なんです。余ってるから、いらないからあげる、なんてのは失礼だ、それなら捨てた方がマシだ、と。それがずっと私の心に残っています。

　ただ一つ、先生には困ったことがありました。麻雀です。最近は先生の気持ちが少しは理解できるようになったのですが、三十数年間、私は麻雀を憎んでいました。時間が乱れっ放しになるのです。それはもう、先生は麻雀が大好きで、夕方に始めたら深夜一時二時までやり、その午後にもまたやっている。相手がいないときは、親類の子どもと一緒にパイを触っているだけで嬉しそう。温泉に行っても一度もお湯には浸からないで、麻雀ばっかりやっている。「麻雀を知らない人はあわれだ」、「性格がすぐ分かるから、うちの会社（株式会社宇野千代）に入社させる人も麻雀で決めたいくらい」とまで言ってました。

　私があるとき「麻雀さえやらなければ、もっと小説が書けるのに」と言いましたら、「決してそういうことではない。麻雀があるから小説が書ける」と、エッセイに書かれてしまいました。

毎年、新年訪れる人にお年玉を配った。
人を喜ばせることが大好きな千代の、心配りの一つだった

麻雀のない人生なんて

どんなことがあっても、
私は終始一貫して、
麻雀はやめなかった。
この六十年もの間、
終始一貫して止めなかった
麻雀の替わりに、
仕事をしていたら、
私はどんなに傑作を書いていたか、
などとは決して思わない。
（『生きて行く私』）

若い頃愛用した麻雀パイと千代自筆の「点数表」。男女のことでは「よよと泣かない」千代だが、麻雀で負けると、えんえん、と〝嘘泣き〟して見せた

麻雀は千代の無二の趣味。覚えたのは、尾崎士郎と暮らした馬込時代。友人の広津和郎が教えてくれた。「こんな面白い遊びがあるものか」と、千代はたちまちのめり込む。東郷青児と住んだ頃は、「文士の大賭博」事件に二人とも巻き込まれた。刑事が家に来たとき、東郷は千代を寝室に匿《かくま》い、一人で連行されて行った。後日出頭した千代が、「あの勝負のときは、私はこれこれの金額を負けました」と正直に話したところ、刑事が「おかしいですねえ。誰方にお訊きしても、負けました、負けましたと仰言る。負けたから罪が軽くなる。勝ったから罪が重くなると言うことはないんですがねえ」と笑ったという話を、『生きて行く私』に書いている。

晩年も、友人仲間と大いに愉しんだ。千代は勝ち負けよりも〝きれいな手〟を作るのを好んだ。

熱中する、夢中になる、そして何かが始まる

古道具屋で買い集めたという刀のつばは、文鎮として愛用。例によって、人にどんどんあげてしまったという

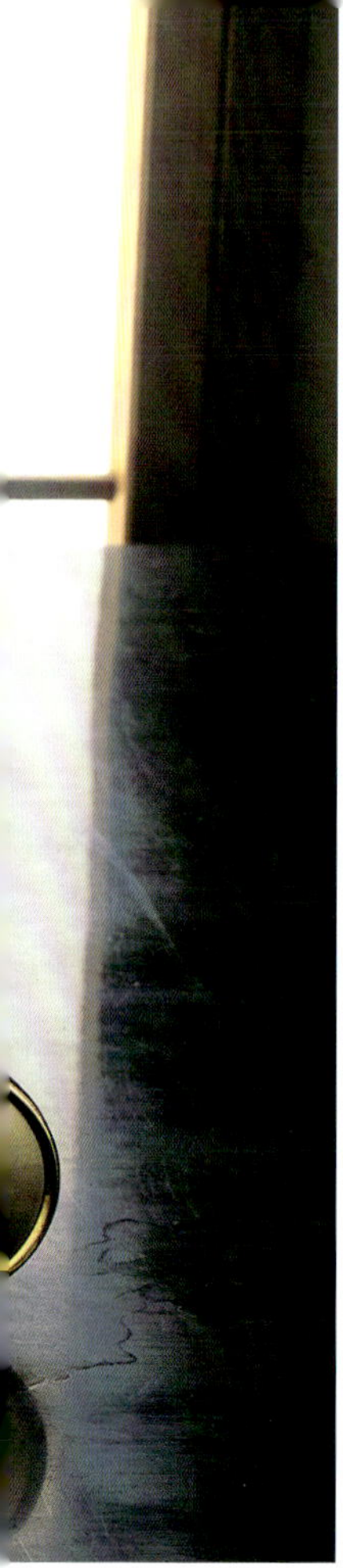

千代の大好きな時計の数々。徹底して「何の飾りもないシンプルなデザインの時計が好き」（『私の幸福論』）で、机の上や部屋の棚、トイレの棚などに置いていた

「何事かをし始めると、狂気のようになる」「何でもし過ぎる」のが、千代の癖。仕事でも麻雀でも、気を入れて集中しているときは、物音一つ耳に入らない。「これはいい」とひとたび気に入ると、同じものを食べ過ぎたり、買い過ぎたりする。

千代は、地方に行くと古道具屋で値の張らない皿小鉢の類を探すのを愉しみにしていたが、あるとき脚高の黒塗り膳が気に入り、二十人前（実際は一人前欠けていた）を購入。すると今度はこの膳に並べる瀬戸物を揃えたくなった。茶碗、小皿、汁椀、湯呑……、それぞれ二十人前ずつ揃えることは大変だ。「その大変なことなのが、生甲斐である、と言うのも困った癖ではないか」（『行動することが生きることである』）。自分で自分の癖が、可笑しくてたまらない風情である。

また、「時間を守るのは文明人の義務」と主張する千代は、時計も大好き。好みを見つけると、一気に五個六個買い込んできた。つねに七個ほどの時計が、家のあちこちでコチコチ音を立てていた。

〝大きいことはいいことだ〞が口癖
の千代は、伊万里の大皿も好きで
集めた。来客の際に、焼きジャケ
やカボチャの煮物など手料理を山
積みにして、もてなした

凝り性だけど、飽きっぽい

［先生との36年］
③
藤江淳子

圧力釜を一度に二十個も注文して、お友達に送りつけたり、麦藁手の湯呑茶碗を数百個作って人に贈ったりと、気に入って夢中になると、すぐさま行動に移すのが先生です。

　先生の亡くなった後、日記帳や創作メモなど、ノートがいくつか見つかりました。どのノートも、開くと几帳面な文字がびっしり並んでいるのですが、それが何ページか続くと、あとは真っ白。とても凝り性ではありましたが、反面、飽きっぽいところもあったようです。

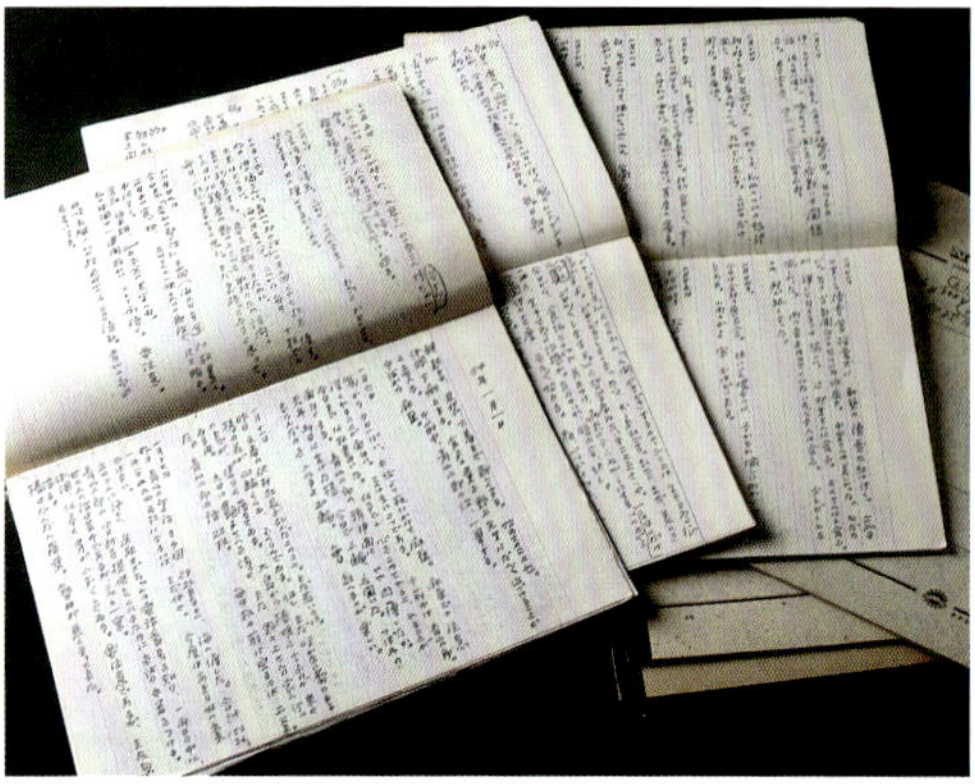

千代の没後に見つかった日記帳。
岩国への帰郷や那須の家へ出かけた折のことなどが、淡々と綴られる

　そして先生は思い込みが非常に強い。たとえば、私は、先生はとても美しい方だと思っているのですが、「私がもっときれいだったら、もっと不良になっていたろうねえ」なんて言うんです。自分は美人だなんて、先生はこれっぽっちも思ってはいなかった。でも、決して卑屈になっているわけではないのです。ただ、真面目に、単純に、そう思い込んでいるだけです。思い込みが強いからこそ、圧力釜も「こんなにおいしいご飯が炊けるのだから、使え、使え」と、お友達に贈ってしまうのでしょうね。

　真面目と言えば、ちょっと可笑しい話を思い出しました。先生は格言好きで、「私はしあわせ　昔も今もこれからも」「幸福は幸福を呼ぶ」など、あ、いい言葉だな、と思う自分の言葉を、色紙に多く残して下さいました。あるとき私が冗談交じりに、「先生、言葉よりも演歌の歌詞を創ったほうが儲かるそうですよ」と言いましたら、先生は真面目に一所懸命歌詞を考えてくれて、こう色紙に書いたんです。「あれはいつ　手をとって　笑ったこともあったっけ　手をとって　泣いたこともあったっけ　宇野千代」。それを読んだ途端、私は笑ってしまい、「これは、売れませんよ」と言ったのです。先生は私のために、専門でもない歌詞を真摯に考えてくれたというのに……。いま思い出しても、可笑しくて、悲しくて、申し訳なくて、涙まじりに笑ってしまいます。

ほんとに困る癖なものですから何とかして止めたいと、なが年心掛けているのですが、うっかりしてると、自分でも気がつかない間に、もうし過ぎているんです。（中略）桃を食べ始めると桃ばっかり食べます。

（『生きていく願望』）

下駄箱の中は、同じデザインで色違いの草履がいっぱい。「スタイル」誌を発行していた時代から、この履きやすい〝メリーステップ〟に決めていた

［先生との36年］
④
藤江淳子

涙なんて、涙腺の問題

来客のときなどに好んで使った食器類。骨董趣味のない千代にとって、器は普段使いで楽しまなくては意味がなかった

普段使っていた買い物籠。近所の八百屋や魚屋へ、しょっちゅう買い物に出掛けた

あれだけたくさんの恋愛を経験し、小説では人間の細やかな感情を描いた先生ですのに、不思議なことに、日常生活ではまったく情緒に流されないひとでした。私は三十六年間、先生の涙を一度も見たことはありません。喜怒哀楽の激しい感情の揺れ、というものは、先生にはありませんでした。

怒る、という姿も見たことがありません。以前、お手伝いの女の子が、部屋にはたきをかけていて、先生が大切にしていた唐三彩を誤って割ってしまったことがありました。音を聞いて駆けつけた私は、それを見るなり心臓がドキドキしたのですが、仕事部屋から出てきた先生は、その様子を一瞥《いちべつ》すると、ちょっとだけ唐三彩というものの説明をして、「形のあるものはいつか壊れます。これからは注意してください」とひと言だけ言って、それですべてお終いにされました。

「よよと泣かない」という先生の随筆があります。その通り先生は、相手にすがって何かを求めたり、泣いたり怒ったりすることを一切しませんでした。昔から暮らしのこともすべて自分で決断し、自分で行動してきました。どちらかと言えば男っぽい性格だったのです。青山二郎さんは「やきもちも焼かないなんて女は、可愛くないよ」と言ったそうですが、先生は自分のそういう「可愛くない性格」を客観視して、楽しんでいる節もありましたね。「涙を流すか流さないかなんて、要するに涙腺の問題なんだよ」。そうすまして言っていました。

先生は優しい方でした。門限十一時と決めていたのですが、手伝いの者の帰りが遅くなると、心配そうに玄関と部屋を行ったり来たりするんです。「よその大切なお嬢さんを預かってるんだからね」。いまも、先生の声が聞えるようです。

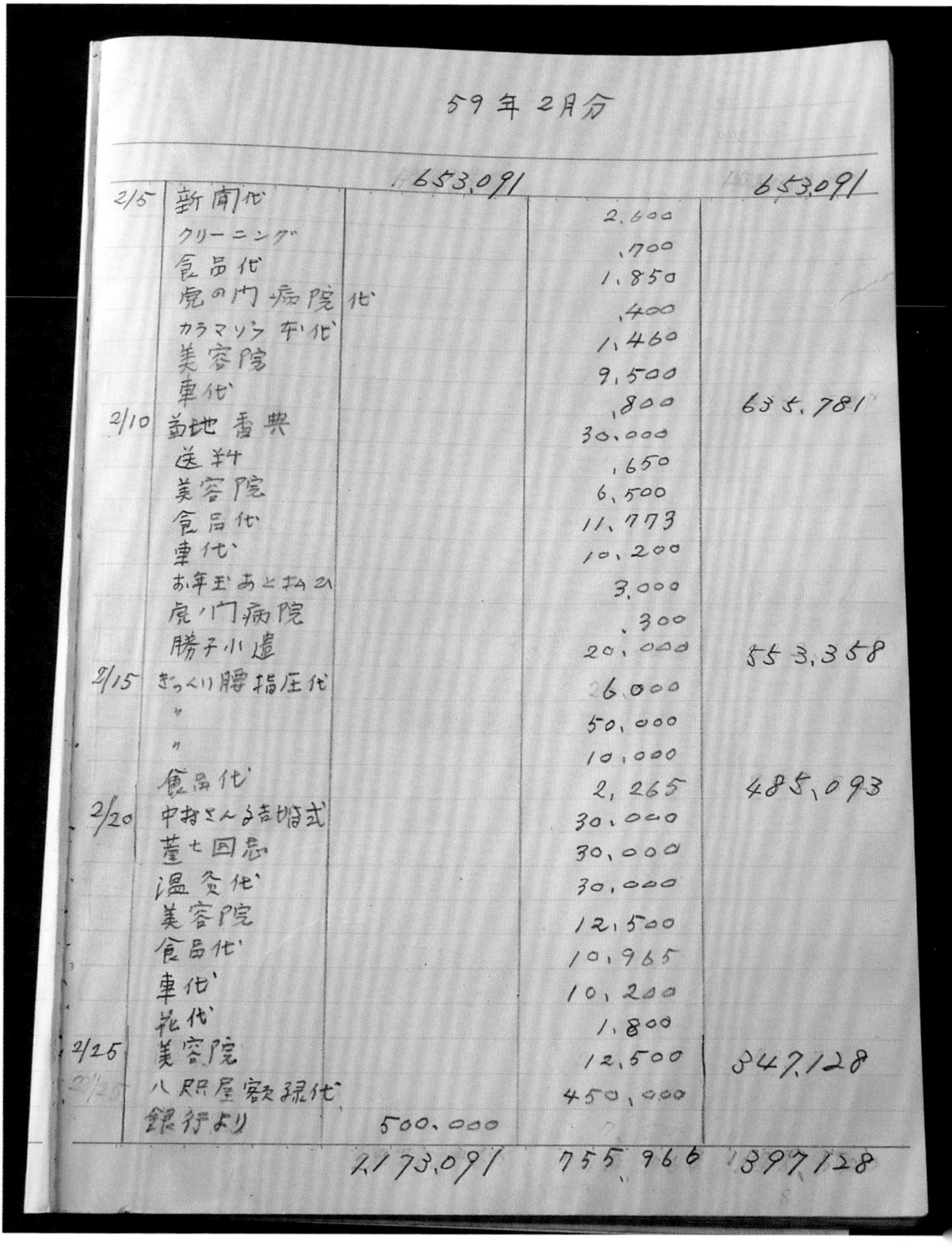

59年2月分

		653,091		653,091
2/5	新聞代		2,600	
	クリーニング		700	
	食品代		1,850	
	虎の門病院代		400	
	カラマゾフ本代		1,460	
	美容院		9,500	
	車代		800	635,781
2/10	菊地香典		30,000	
	送料		650	
	美容院		6,500	
	食品代		11,773	
	車代		10,200	
	お年玉あと払い		3,000	
	虎ノ門病院		300	
	勝子小遣		20,000	553,358
2/15	ぎっくり腰指圧代		6,000	
	〃		50,000	
	〃		10,000	
	食品代		2,265	485,093
2/20	中おさん る結婚式		30,000	
	蓮七回忌		30,000	
	温灸代		30,000	
	美容院		12,500	
	食品代		10,965	
	車代		10,200	
	花代		1,800	
2/25	美容院		12,500	347,128
	八照屋 [illegible]代		450,000	
	銀行より	500,000		
		1173,091	755,966	397,128

千代の家計簿。「私は金銭の出入りを克明に書くのが好きである。（中略）帳面を見て、ああ、あのときは、こんな気持ちであった、と、もう一ぺん、思い返すことが出来る」（『普段着の生きて行く私』）。弟妹にお小遣いをあげたり、美容院代が頻繁に出てくるのも、千代ならでは

Ⅱ

心をかけた自慢の料理

千代は、一食たりとも食事をしたくない日はないというくらい、食べることが大好きだった。でもそれは、いわゆる文士の食道楽とはまったく違って、外食は嫌い、どんな高名な料理屋に行くよりも、自分で作って家でいただくのがなによりご馳走なのだった。「旨い料理のコツは心のかけ次第」が信条の、宇野千代自慢の料理を藤江淳子さんに再現してもらった。

その昔、岩国で「鮨」といえばこの岩国鮨のことを言った。エッセイなどでもたびたび紹介している、とくに自慢の一品。レシピは39頁にあります

私は人にご馳走するときに、あまりおいしくはありませんがとか、出来が悪いのですが、
などと言う人がありますが、あの謙遜したような言い廻しは大嫌いです。
何でも、おいしいから食べて貰いたいのですから、
堂々と、とてもおいしいですから召し上がって見て下さい。
よく出来ましたからどうぞ、と言う方が好きなのです。（『私のしあわせ人生』）

故郷の味 岩国料理

どんな人でも、故郷の味への思いは強いものである。千代にとってはそれは岩国鮨であり、大平であり、また、茶粥であった。

岩国鮨は酢飯で具を挟んだ大きな大きな〝サンドイッチ〟。継母リュウはこの岩国鮨をつくるのが得意で、家に大勢のお客があるときは、岩国鮨と大平を作ってもてなした。大平は根菜と鶏肉の煮物。

一方の茶粥も、茶どころ岩国らしい一品で、しばしば朝食の膳にのぼったという。

岩国鮨が盛られた伊万里の大皿は、千代がことに気に入っていた器だった。鮨が銘々の皿にとりわけられると、昔の日本地図があらわれる。千代は客に向かって岩国のあたりを指さして、「ここが私の故郷なのよ」と嬉しそうに言っていた。岩国料理は千代の「おいしい」の基本であり、なにより自慢の味だった。十八歳で故郷を出てから、あとはほとんど東京暮らし。この三品はふるさと、そして自分を可愛がってくれた継母との思い出とも重なって、生涯千代の味覚を喜ばせた。

大平
味がしみた翌日のおいしさはまた格別。

〔材料〕
鶏もも肉200g・にんじん中1本・ごぼう中1本・大根100g・れんこん200g・里芋4個・こんにゃく1枚・厚揚げ1枚・干し椎茸4枚・干し椎茸の戻し汁・昆布だし・調味料（酒大さじ5・みりん大さじ2・醬油大さじ4・塩小さじ1）
〔作り方〕
①肉、野菜はそれぞれ一口大に切る。ごぼうはゆでてアクを抜き、れんこん、里芋は水に放す。こんにゃくは一口大にちぎり、湯がく。厚揚げは油抜きして一口大に切る。干し椎茸は水で戻して一口大に切る。②鍋に干し椎茸の戻し汁と昆布だしを合わせて5カップ煮立たせ、鶏肉を入れてアクをとる。③他の材料を煮えにくいものから順に鍋に入れ、調味料を加えてやわらかくなるまで煮る。

さつまいも入り茶粥
味付けは塩だけ、サラリと仕上げるのがコツ。

〔材料〕
米カップ1・さつまいも中1本・ほうじ茶茶さじ2・塩
〔作り方〕
①さつまいもはよく洗い、皮ごと輪切りにして水にさらす。②といだ米と水8カップ、さつまいもを鍋に入れて強火にかける。沸騰したら布袋に入れた茶葉を加えて弱火にし、30分ほどしたら袋をとりだし、さらに10分ほど炊く。③火を止めたら蒸らさずに器にとり、塩で味を調える。

岩国鮨
酢飯に白身の刺身を
細かく叩いて加えるのが特徴。

〔材料〕
米カップ6・鯛などの刺身用白身魚2さく・サニーレタス数枚・具（干し椎茸10枚・れんこん200g・卵3個・春菊・でんぶ50g）・A（水カップ6・だし昆布5cm角2枚・酒大さじ3）・B（干し椎茸の戻し汁、だし汁各カップ½・醬油、酒、砂糖各大さじ2）・C（酢カップ¼・砂糖大さじ1・塩少々）・D（砂糖大さじ1・塩少々）・E（酢カップ½・砂糖大さじ4・塩小さじ4）・四角い木枠
〔作り方〕
①といだ米にAを加えて炊く。②具を作る。干し椎茸は水で戻してBで煮含めて千切りにする。れんこんは皮をむき、薄く輪切りにし酢水に放し、酢を入れた湯でさっとゆでてCにつけておく。卵はDを加えて錦糸卵をつくる。③炊きあがったご飯にEを合わせ、細かく叩いた白身魚を加える。④木枠の内側に大きめにラップを敷き、サニーレタスの上にすし飯3分の1、具3分の1の順に重ね、これを3回くりかえす。⑤ラップで包み、木枠のふたをして上から押し、しばらく置いて味をなじませる。⑥木枠からはずし、食べやすい大きさに切り分ける。

創意工夫のお惣菜

千代は作るだけでなく、食材の買い出しからあと片付けまで、自分でするのが好きだった。晩年は、世話を焼いてくれるお手伝いさんこそあれ、食べさせなければいけない夫や子供はなく、逆にやらなければいけない仕事はたくさんあった。それでも毎日台所に立ちつづけたのは、ひとえに、料理をすることが生き甲斐だったからである。

いったい料理の何が千代をそんなに夢中にさせたのか、それは千代の言うところの「発明料理」を見るとよくわかる。焼きそうめんは、あまったそうめんを炒めたもの、豆腐ステーキは豆腐を焼いただけのもの。料理そのものは凝ったものではないし、簡単に作れるものばかり。ちょっとした思いつきや工夫がすぐに形になって、しかも食べてみればうまいかまずいかすぐにわかる。おいしければ、それはどこの料理屋でも食べられない、自分だけの料理になる。ものをつくるドキドキを一日に三度も味わえる、そんなところが千代の心を引きつけた。

しきたりや形式にとらわれないで、自分流の料理を発明することに、生き甲斐を感じている、とでも言うのでしょうか。一生懸命になって作っていると、必ず、旨いものが出来るのです。
（『行動することが生きることである』）

恋人と暮らしているときは恋人に喜んでもらえるものを、年を重ねてからは自分の体にいいものをと、いつも楽しく考えていた。自分の手で工夫して、心をかけて料理することこそ旨さの秘訣。作る過程そのものがとびきりのスパイスになるということを、千代の料理は教えてくれる。

焼きそうめん
オリーブ油で炒めるのが宇野千代流。

〔材料〕
そうめん・オリーブ油・万能ねぎ・塩・こしょう・ごま・刻みのり
〔作り方〕
①そうめんをゆで、冷水でもみ洗いする。②オリーブ油を熱してそうめんを炒め、塩・こしょうで味を調える。③皿に盛り、小口切りにした万能ねぎを散らす。薬味にごまと刻みのりを添える。

豆腐ステーキ
栄養満点の健康料理。

〔材料〕
木綿豆腐1丁・ほうれん草½把・しらす干し30g・サラダ油大さじ2・ごま油大さじ2・醤油少々
〔作り方〕
①ほうれん草はゆでて水気を切り、細かく刻む。②豆腐の水をよく切って厚さを半分にし、さらに2等分して、サラダ油で両面をこんがり焼く。③ごま油でしらす干しをかりっとするまで炒め、ほうれん草を加えて醤油で味付けする。④豆腐を器に盛り、③をのせる。

里芋と茄子のごま煮

野菜はありあわせのものでも十分おいしい。

〔材料〕
里芋10個・茄子4本・こんにゃく1枚・だし汁カップ1・砂糖大さじ3・醤油大さじ2・サラダ油大さじ2・ごま油大さじ1・白すりごま大さじ3・白いりごま大さじ1
〔作り方〕
①里芋は皮をむいて一口大に切り、ゆでこぼす。茄子は縦半分にしてから乱切りにして水にさらす。こんにゃくは塩でよく揉み、洗い流してから飾り包丁を入れて一口大に切る。②サラダ油とごま油を熱し、茄子を炒めて取り出す。③同じ鍋に里芋とこんにゃくを入れ、だし汁、砂糖、醤油を加えてやわらかくなるまで煮る。④鍋に茄子を戻し入れて煮汁をからめ、すりごまといりごまを加える。

ひじきのサラダ

白髪ねぎのしゃきしゃき感も楽しい〝家伝の料理〟。

〔材料〕
乾燥ひじき80g・長ねぎ2本・ドレッシング（酢大さじ6・サラダ油大さじ4・ごま油大さじ1・切りごま大さじ3・砂糖、塩各少々）
〔作り方〕
①ひじきは水に戻してよく洗い、さっと湯がいて食べやすい長さに切る。②ドレッシングの材料を混ぜ合わせ、ひじきが熱いうちに和えて冷ます。③器に盛り、白髪ねぎをたっぷり載せる。

にんじんとワカメの炒め煮

にんじんの千切りはスライサーなどで作ると簡単。

〔材料〕
にんじん中1本・乾燥ワカメ5g・削り節5g・めんつゆの素適量・ごま油大さじ1
〔作り方〕
①にんじんはごく細い千切りにする。②ワカメは水で戻してよく洗い、水気を絞って一口大に切る。③鍋にごま油を熱し①と②を入れてよく炒め、めんつゆの素を入れてしばらく煮る。④削り節を加えて混ぜ合わせて火を止める。

漬物

梅干し・らっきょう・みそ漬け

漬物は、食べるのも漬けるのも大好きだった。

［先生との36年］
⑤
藤江淳子

忘れられない「カニカマ事件」

デザートのみかんは、なんと一房一房ハサミで丁寧に皮をむいてから食べる。そんな几帳面な一面も

先生は料理が大好きでしたよ。大昔、尾崎士郎先生と馬込に住んでる頃、なにしろうちの先生の手料理を食べたくて、毎晩みんなが集まっていたと聞きました。

屋外へよく携えていったという、お気に入りの「お花見セット」

料理をするのも、自然体でした。料理というより、お惣菜ですね。さて今日のお昼は……と思ったら、いつの間にか台所に立っている、という感じ。当たり前のことのように。台所がお好きだったんでしょうね。食事が終わっても、スッと立っていって、自分のお茶碗をさっさと洗う。

よく一緒に食材を買いにも行きました。先生はどこでも買えるものが好きなんです。わざわざ遠出して、高級な材料を買って、なんてことはやらない。買い物は、近所の魚屋、八百屋、ピーコックなどへ歩いて行きました。お料理の本も出していましたから、「だって、あっちゃん、みんなが買えるものを使っていなきゃだめじゃないか」ともおっしゃっていました。でもそれだって無理をしているんじゃないんですよ。先生にとって

近所の花屋さんで買い物をする千代

はそれが普通なんです。魚屋でよく買うのはシャケやアジ。それとエビ。エビの唐揚げが大好きだったんです。魚はなまものが苦手でしたね。野菜はなんでも好き。年とってからも、揚げ物やてんぷらが好みで、いただいた饅頭まで揚げて食べてました。しつっこいものが好みだったんですね。

先生は何につけ、ものにこだわらないあっさりした性格でしたが、小説を書くのと、食べることに関してだけは貪欲でしたね。おいしいものが食べたいという気持ちが、人一倍おありのようでした。おいしいものと言っても、それは決して高価なものや特別なものではなく、自分が気に入ったもの、という意味ですが。

たとえばらっきょうや奈良漬けを漬けるのが大好きで、もしかしたら小説を書くのより好きだったかもしれません。来客があると、お茶うけにその漬物をお出しするくらい、自慢なの。でも他のものはどんどんあげてしまうくせに、自分で漬けた漬物はもったいないらしくて「半分に切って、少しだけあげてね」なんて、ちょっと可愛いところがありました。

それから大昔の話ですが、忘れられない出来事があります。あるとき、東北で、生まれて初めて「カニカマボコ」を食べた先生は、「こんなに美味しいもの、食べたことない」と、すっかり夢中になってしまいました。そして例によって大量に買い込み、友人や作家仲間に送ったのです。きっと皆さん、「やれやれ」と思ってらしたのでしょうけど、どなたも「ありがとう」とお礼状を下さるだけ。ところが、立原正秋さんだけが、「宇野さん、これは本物のカニではない、ニセモノですよ」とハッキリおっしゃったのです。そうしたら、うちの先生は珍しく怒ってしまい「いいじゃないですか。ニセモノでもなんでも、美味しければっ」と、やり合ってしまったのです。どちらの先生も、その方らしさが出ている話かと思いますが、いかがでしょうか……。

Ⅲ

創る喜び、着る楽しみ きもの図鑑

千代は着物が大好きだった。
着るだけではなく、自分でデザインまで手がけ、
多くの女性たちを惹きつけた。
決まりごとにとらわれず、
自分のほんとうに好きな着物をつくりたい。
その発想は自由で柔軟、そして何より単純明快。
真骨頂の桜の着物から普段着のコーディネートまで、
千代が愛した着物の世界を紹介。
お洒落とは何か？　ここにヒントがいっぱいある。

千代による着物のデザイン画。満開に咲き乱れる姿、散り行く花びら……、桜は永遠のモチーフだった

大振袖の「千代桜」。樹齢1200年、岐阜県根尾谷に咲く淡墨桜をイメージしたデザインで、100歳祝いで着る予定だった。最後の意匠となった、集大成とも言える着物である

昭和60年11月、帝国ホテルでの米寿を祝う会にて。「桜吹雪」を身にまとい、桜の髪飾りをつけ、森本毅郎にエスコートされて入場した

左頁／米寿を祝う会のために自らデザインし着用した、大振袖の「桜吹雪」。「自分でも驚くほど、よく似合ったと思っています」(『私のしあわせ人生』)

幸せの「桜吹雪」をまとった米寿祝い

「私のこれまでに作った桜の模様の訪問着は、一体、何枚くらいあるだろうか」(『幸福は幸福を呼ぶ』)。自分でそう言うくらい、千代は桜文様の着物を多くデザインした。訪問着だけでなく、小紋にも帯や羽織などにも桜を用いている。桜は春のもの、という決まりを破り、秋や冬の着物、夏の浴衣にまで桜を染め、多くの人に喜ばれた。桜の花は、咲く花、風に散る花、地面に散り敷く花……、どんなにデザインを変えても変わらない、単純明快な形と色をもつから美しい、と千代は言う。

単純明快とは、完全無欠と言い換えてもいい。着物も帯も、色調や柄ができるかぎり単純明快であることがお洒落の基本、ととらえていた千代にとって、桜の花は最強のモチーフであった。

その大好きな桜の花を全身に配した大振袖をまとって、千代は米寿祝いのステージに立った。黒地に淡いピンクの花びらが舞い、所々、金糸銀糸で刺繡された花が輝く。その華やかさ、艶やかさは圧倒的過ぎて、誰もが着こなせるとは限らない。桜を終生愛した八十八歳の千代と一体になってこそ、着物と千代、互いが最高の美しさを引き出し合った。

一二九枚の古ぎれを繋いだ
モダン「切りばめ」

129枚の布が接ぎ合わせられた、千代デザインの切りばめ。どんな色、柄の古ぎれを、どんな形にして、どう繋ぐか。デザイナーとしての千代の感性には、目を見張るばかりだ

「切りばめ」とは随分古くから使われた和服の更生法ですが、私はこの「更生」とか「廃物利用」とかという言葉は適当ではなく、この「切りばめ」そのものが、染物や織物とはぜんぜん趣きの変った、実に面白い技法だと思っています。
(『宇野千代きもの手帖』)

私は小布をとても大事にしています。一寸くらいの小さな布でも、皺を伸ばして、ちゃんとしまっておく癖があるんです。そして、ちょっと暇がみつかると、小布の箱を取り出して、あれこれ接《は》ぎ合せてみるのを愉しみにしています。(同)

直線の縫い目には、確かな手仕事の美しさが現われている

ここ数年、大正末期や昭和初期のモダンな「昔の着物」が、若い女性たちの間でブームだ。ここに紹介する「切りばめ」は、そんな着物ファンにとって、いますぐ欲しくなってしまう着物ではないか。切りばめとは、いわばパッチワーク。何枚かの別種の布を切って、それを接ぎ合わせてつくる着物で、日本に古くからある手法。この切りばめは、四種類の小紋裂をなんと百二十九枚、百六十ヵ所繋ぎ合わせたもので、千代が戦後間もなくにデザインし、親しい友人の武原はんを通じて知った職人、鵜島秀堂がつくった。布と布の縫い目が真っ直ぐにピシッとしているので、それぞれの文様がくっきりと浮かび上がってくる。斬新で自由闊達、華麗なデザインは、染物も織物も真似できない。当時、千代は武原と競い合うように切りばめをつくっていたという。

この千代の「切りばめ熱」は、戦前からあったようで、自身が切りばめの着物を着て収まった写真も残されている(107頁)。昭和二十六年にパリへ渡ったときにも、切りばめを着てセーヌ河畔を歩き、パリジェンヌたちの目を引き付けた。

「スタイル」の臨時増刊「きもの読本」第3号（昭和28年）より。女優の三条美紀がモデルとなり、この切りばめが誌上で発表された

お気に入りコーディネート集

訪問着「疋田（ひった）波黒地」は、大好きでしょっちゅう着ていた着物の一つ。所々に踊る波頭の文様は、一つ一つ手描きにした疋田で、まるで絞りのように見える。帯は、地模様の上に木の葉や桜の花を刺繍した袋帯。白黒のシンプルな組み合わせに、朱色系の帯締めと帯揚げを使って、華やかさを出しているのがポイント。季節にとらわれないで着られるのも、お気に入りだった

着物は、帯や小物の合わせ方によって表情が変わる。だから、合わせ方次第で若い人からお年寄りまで着られる、という愉しみがある。また、着物や帯は高価であればいいというわけではない。安いものの中にも、美しいものはたくさんある、と千代は言う。「美しい」とは「先ず、色の美しさ」、そして「柄と形の配分の美事さ」。万金を投じた着物と帯を、値段の釣り合いだけで組み合わせたような「でこでこのきもの」は、どれほど美しい人が着ても、その顔の女らしい感じをぶち壊してしまうと言うのだ。すっきりとセンスよく和服を着るには、「何はさておき、全身の色を、色の数を出来るだけ、単純に統一すること」（『行動することが生きることである』）と説いた。

ここでは、千代自身が愛した着物、帯、小物のコーディネートを紹介しよう。同系色の「単純明快」な組み合わせの美と感性を、千代は教えてくれる。

「桜吹雪スミぼかし」は、淡墨の桜の花びらが地面に散り敷いたさまを表現した訪問着。ぼかし染めによって濃淡を出した花びらの中に、手刺繡された花びらが数枚ある。早春から晩春まで、あまり時期にこだわらずに着用できる着物だ。桜の文様を配した袋帯を合わせた。この帯は千代のデザインではないが、そんなことにも一切こだわらない。色や文様の形を見て、合うものを合わせる、それだけのことであった

デザインは控え目に、決してデコデコしないこと。これがきもの姿を美しくする第一のコツです。

（『行動することが生きることである』）

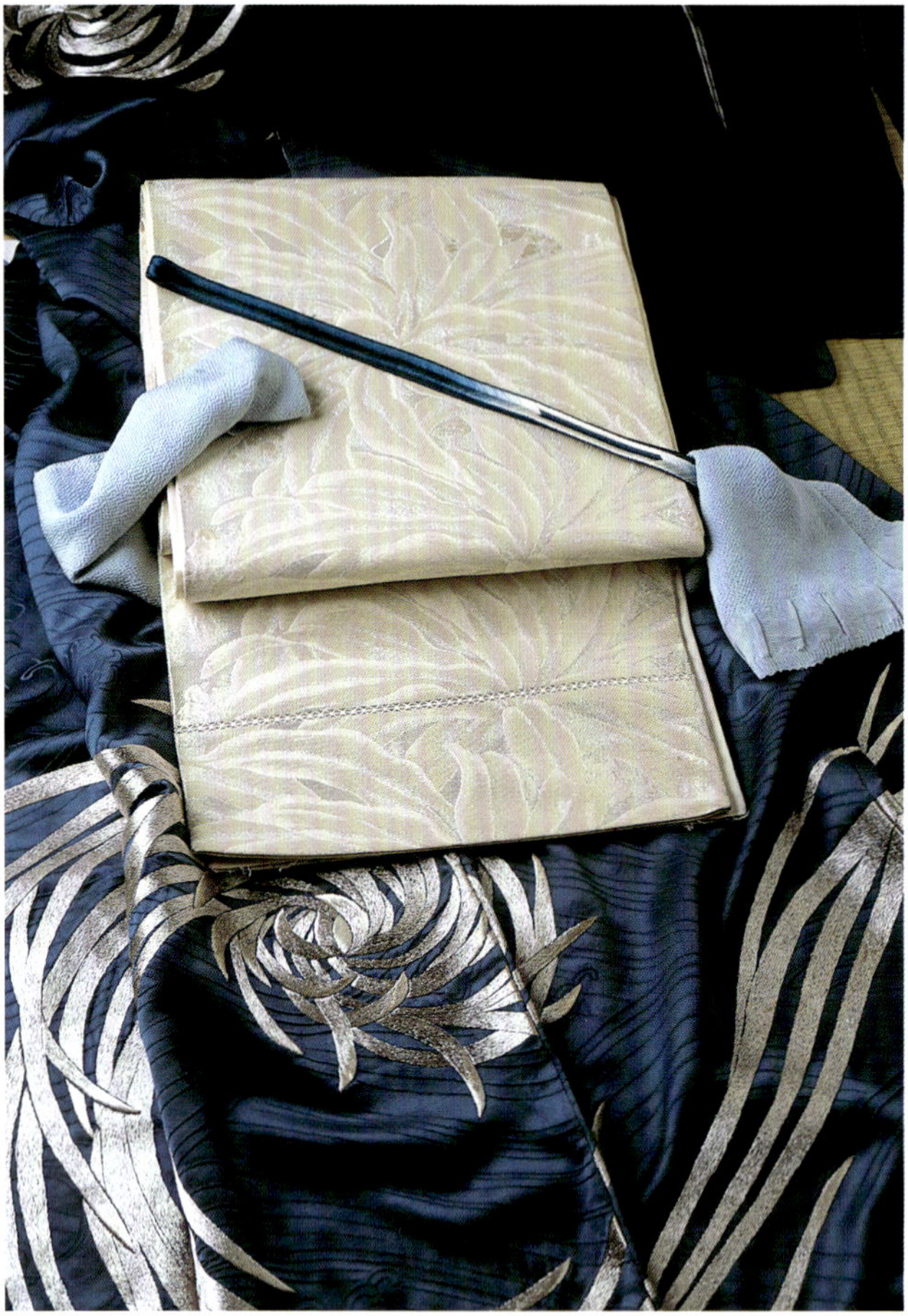

紺地に、銀糸一色で刺繍された裾模様の美しい訪問着、「大乱菊」。そして、銀の袋帯に、青系の帯締め、帯揚げを締める。千代の大好きな、すっきりとした色あわせだ。宮中での秋の園遊会や、芸術院賞授賞の式典などの行事の際に、よく袖を通した

左頁は千代のデザインによる訪問着「万朶（ばんだ）の桜」。故郷岩国を流れる錦川河畔の桜並木と、川面に散りかかる花びらから発想を得た。お太鼓で隠れてしまう背の部分にまで、満開の花が配されており、岩国の桜を見に帰れないときも、この着物を家に飾って「お花見」をしたという

私は着物が好きであるが、その着物を撰ぶのにでも、
この着物にはこの帯、この羽織、と
合わせて見るのが好きである。
この愉しみは女にとっては、なかなか捨て難い。
着物の地質もあるが、色や柄などを
合わせたりしていると限りがない。（『生きて行く私』）

地紋のある綸子（りんず）地に桜の花を染めた小紋、「吉香（きっこう）の春」。帯は、ちりめん地に手描きの散り敷いた花びらを配した名古屋帯。所々に入れた金、銀の箔の刺繍が効いている。着物の桜は咲いており、帯の桜は散っている。そんな遊び心を楽しみながら、紫の同系色ですっきりまとめたコーディネートだ

普段着としてよく着ていた型染めの花小紋の着物と、手描きの桜の名古屋帯。千代は季節にこだわりすぎることなく、桜の着物を楽しんだ。「年に一回、桜の咲く前のほんの短い時期にだけ簞笥から出す桜の着物、というのも確かに粋ではあるけれど、桜が好きなら、いつでも楽しめばいいんじゃない」という主義を通した

盛夏の普段着として愛用した、絽（ろ）の着物と紗（しゃ）の帯。互いに呼び合うような柄ゆきが気に入っており、しょっちゅう着用した。左上の写真は、昭和59年、南青山の自宅近くで。清々しい装いの千代

単衣の普段着「疋田線入り黒地」には、芯を入れない名古屋帯を結んだ。白と黒のモダンな組み合わせ。6月、9月に大活躍した

［先生との36年］⑥

藤江淳子

生き方も、着物も、すべて宇野千代流

人を喜ばせることが大好きで、「真似をすることは決して恥ずかしいことじゃないよ」と言っていた先生は、ファッションも、そのときの大好きな相手の好みに、自然にあわせてきたそうです。尾崎士郎先生と暮らしていた頃は、銀杏返しの髪に黒襟をかけた着物を着て、東郷青児先生との時代には、モダンな洋装、という具合に。

私が先生のお世話を始めた頃には、先生はすでに外出着も普段着も、着物一辺倒でした。洋服から着物へと還った理由は、着物が大好き、ということが第一かと思いますが、「私の細い鉛筆のような体型をカバーしてくれるから」と言っていました。こんなことをさらっと言えるところ、先生らしいですね。

いまの若い人にもぜひ知っていただきたいのですが、先生はよく「みなさん、洋服はとてもお洒落に着こなしているのに、どうして着物になるとデコデコにしてしまうのかしら」と首を傾げていました。着物は洋服と同じ、というのが先生のポリシー。着物と帯、小物の組み合わせは、流行や値段で合わせるのではなく、色で合わせなさい、

千代が大切にした谷崎潤一郎の遺品、朱塗りの箪笥には、さまざまな帯締めなど、お気に入りの小物が入っている。足袋は東京・新富町の「大野屋」製に決めていた

と、じつに単純明快なんです。

若い頃は貧乏で、たった一枚の袷《あわせ》を、夏は裏をはがして単衣《ひとえ》にし、秋になるとまた元に戻して……と、先生は創意工夫で「着た切り雀」の境遇さえも愉しみとしてきました。晩年になっても、値の張る上等な着物は嫌いで、普段に楽しめる着物を愛用しました。

先生を「派手」と誤解する方がいらっしゃいますが、まったく違います。先生の好みは、黒と白の組み合わせや、同系色のコーディネート。体全体が同色に収まる、というのが好きなんですね。

ぜひ、若いみなさんにも、洋服を着る感覚で、自信を持って着物を着てほしい。それは先生の願いでもあると思います。

晩年、普段の帯にしていた細帯（半幅帯）。この帯を結んだ上にちゃんちゃんこ、というのがおなじみのスタイル

千代の和装バッグ類。人にあげるのは大好きだったが、買い物好きではない千代は、自分のものはほとんど買わなかった。いつも同じものばかり持っているので、見かねた友人たちが贈ってくれることも多かったとか

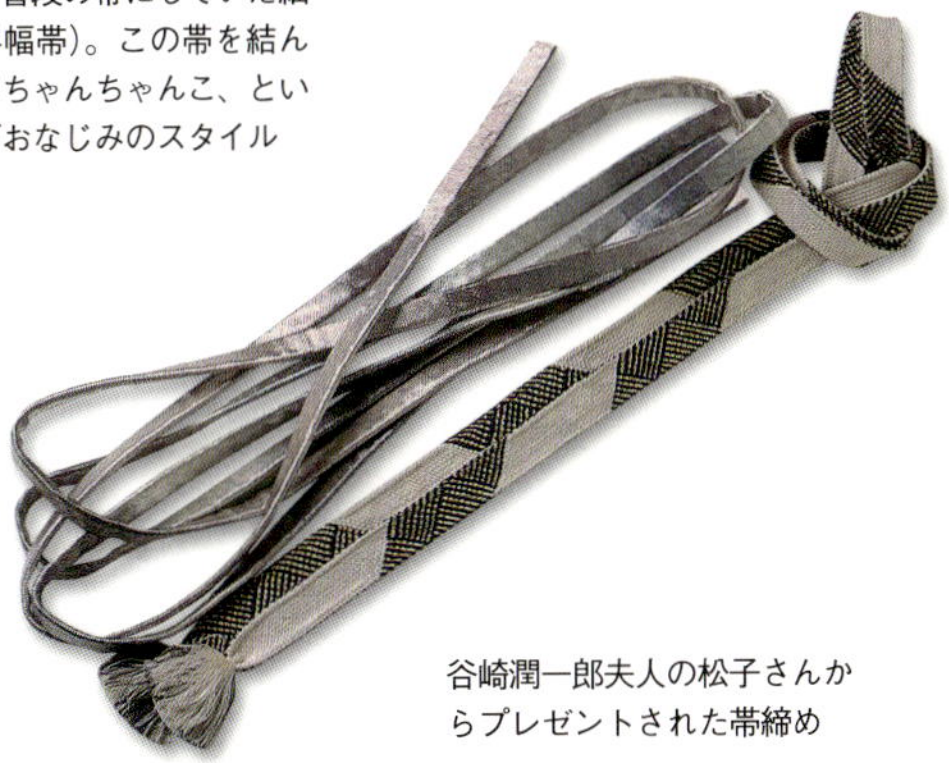

谷崎潤一郎夫人の松子さんからプレゼントされた帯締め

IV

日本初のファッション雑誌「スタイル」創刊

昭和十一年に創刊された、宇野千代編集「スタイル」という雑誌をご存じだろうか。

ページをめくると、そこには、グラビア、流行チェック、ヘア・スタイルから、人生相談、外国スターの動向まで、いまの女性誌とほとんど変わらない内容が並ぶことに驚かされる。

日本の流行雑誌の歴史をつくった「スタイル」とはいったいどんな雑誌だったのだろう。

その軌跡をたどった。

創刊号の表紙絵は藤田嗣治、題字はかつての恋人、東郷青児の手によるもの。
誌名は当時売れていたスマイルという目薬の名前をもじったものだという

スタイル
新装十一月號
盛夏特輯號
20Sen
九月新秋號
宇野千代編輯
秋の映畫特輯號
スタアのスタイル
新人の魅力
私のねまき十人集
秋の特輯號
八月盛夏特輯號
mode
men's wear
cinema
humor
Q et R

天才編集者、宇野千代誕生

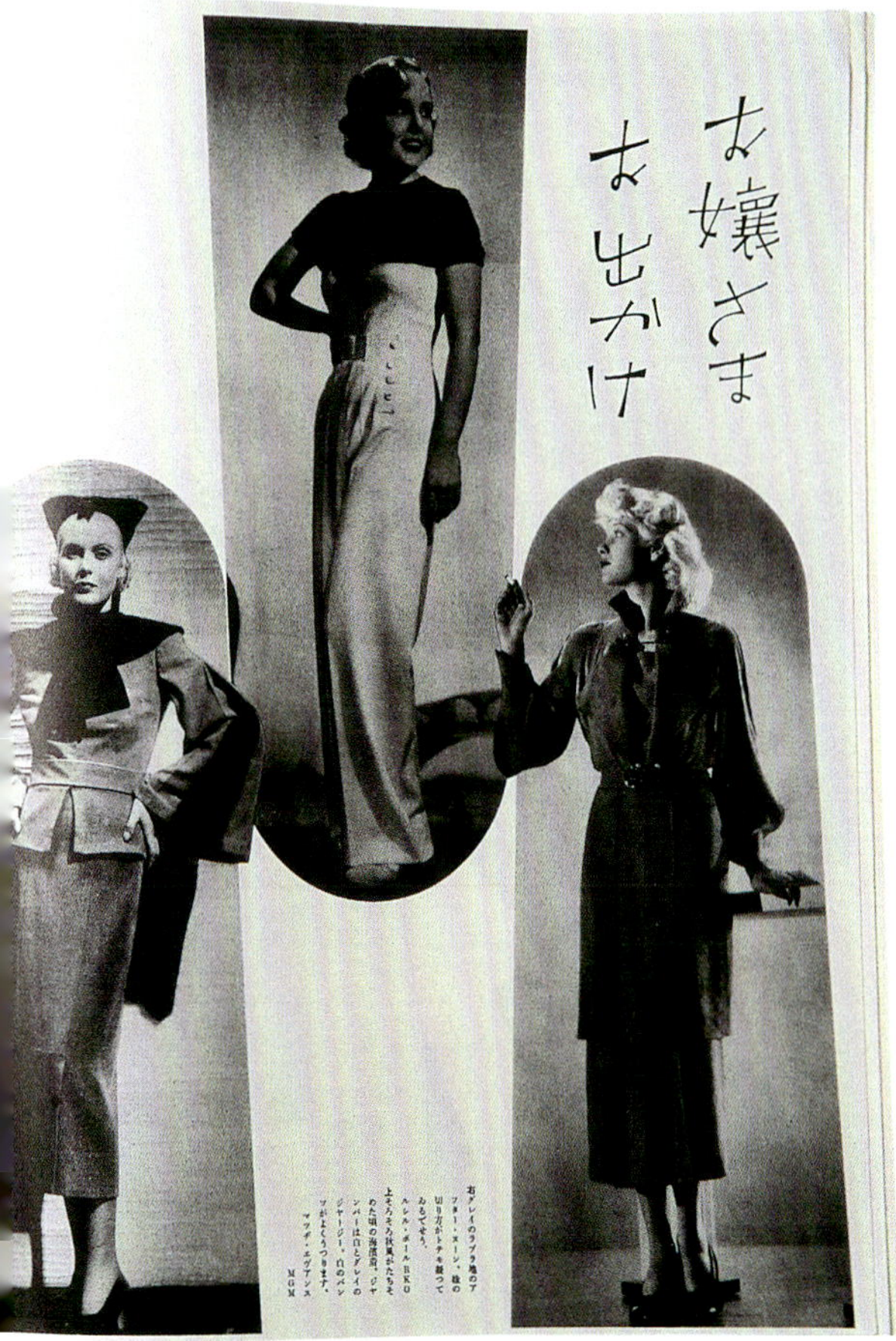

モノクロ誌面なので、コメントは色や素材が中心。たとえば左頁右端のスカートは濃青のウールで、コートとブラウスはパウダー・ブルー。想像力が必要です

思わず目をひく色鮮やかな、モダンな表紙を開くと、ぴんと背筋を伸ばした外国人モデルがあらわれる。また旬のドレスや靴、髪型が写真やイラストで紹介され、最新のトレンドがレポートされる。映画のなかの女優が唯一お洒落のお手本だった時代、「スタイル」は生まれ、そしてまたたく間に多くの女性の心をつかんだ。

なぜ、どのような経緯でこの「スタイル」という雑誌が誕生したのか、くわしいことはわからない。千代の記すところでは、北原武夫の発案でそんな雑誌を作ろうということになったようだが、二人に日本のファッションをリードするのだといった気負いがあったわけではなさそうだ。

宇野千代のお洒落＝着物、と思われがちだが、千代は、まだ洋装が珍しかった昭和五年にはすでに洋服を着こなしていた。パリ帰りの東郷青児と暮らしていた時代である。その東郷と別れ、次に好きになった北原武夫というひとは、これま

たとびきりお洒落な男性だった。相手に百パーセント合わせるのが千代の恋のつねであり、北原と出会ったことでますますお洒落に磨きがかかった。千代は編集をするだけではなく、モデルとして誌面に登場することも多く、一躍流行の先端を行くファッションリーダーになっていく。「スタイル」は、この千代のカリスマ性と、新聞社で磨いた北原の卓越した編集センスが凝縮された、まさしく二人のあいだの「子供」であった。

お洒落をする、或いは
気持ちよく身じまいをすることは、
生きて行く上の、生き甲斐でもある。
ちょっと大袈裟に言うと、人としての義務である。
お洒落は自分のためにだけするのではなく、
半分以上は、自分に接する人たちの眼に、
気持ちよく映るように、と思ってするのだから。
（『行動することが生きることである』）

昭和12年2月号の目次。お洒落随筆、女の流行、男の流行、和服、お化粧、映画、音楽、舞踊、たべものといった見出しがならぶ

昭和12年2月号　モデルは女優の岡田嘉子。「まひるの夢のきゆうびすむ　あなたの瞳のぬれたいろ　あなたのぼつぶもねぐりいぢえ　芝生にしろい雲の翳」

昭和12年12月号　冬のコートを紹介。モノクロの誌面では、写真よりもむしろイラストのほうがディテイルがよくわかる

昭和12年12月号　大女優マレーネ・ディートリッヒ。豪華絢爛な衣装、ディートリッヒの強い視線に思わず目が釘付けになる

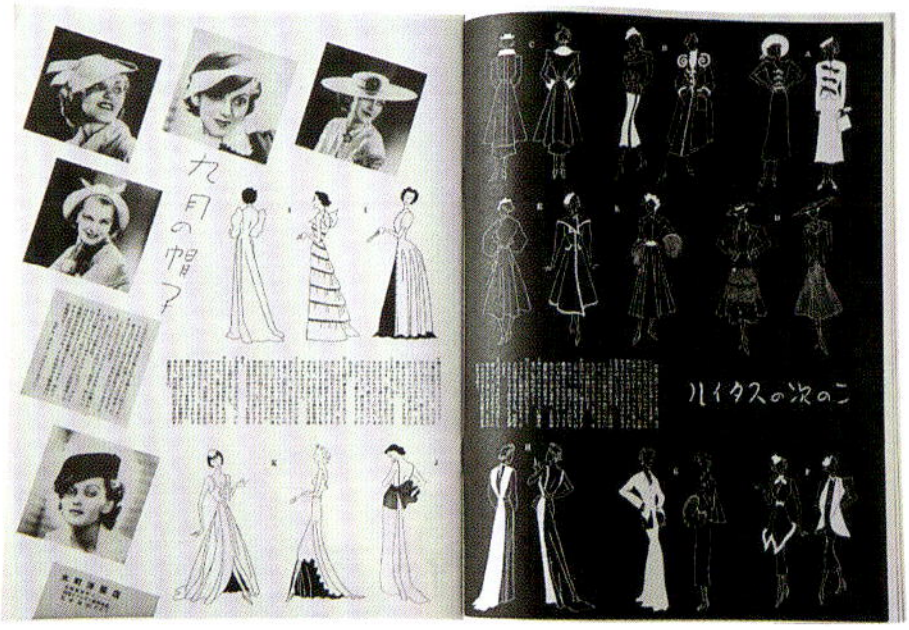

昭和11年9月号　右頁は次シーズンの流行、左頁は帽子の記事。帽子はお洒落の必需品だったらしく、たびたび取り上げられている

昭和11年9月号　花を使ったコサージュ、ヘア・アクセサリーは女心をくすぐる永遠のアイテム。レイアウトも楽しげに見える

昭和12年1月号　街角お洒落さんの紹介も。左頁中央は「文化学院からお帰りのところを学院の門前でのスナップです」とある

戦時色に染められて「女性生活」

誌面には「夫の仕事を通じて愛情を拡大せよ」といった見出しや標語が大書され、戦時色一色に。「陸軍省検閲済」の印も見受けられる

上は吉屋信子。標準服やありあわせのものを工夫して防空服にしているとある。もはやお洒落を云々できる時代ではなかった

昭和十六年、戦時下の敵国語禁止の風潮の中、「スタイル」は「女性生活」という名に改められた。内容もがらりとかわり、華やかな外国人モデルや流行服にかわって、誌面には、もんぺ姿の日本女性が登場。表紙も、着物や扇子といった日本風――とはいえモダンなかおりは残されている――のイラストになり、「九月必死奉公号」や「七月決戦生活号」など、およそ流行雑誌らしからぬ文字が躍る。そんななか、戦況はますます悪化し、十九年、ついに会社は解散となる。千代はこの時代をふり返って、「言葉は統制されても、人の心まで統制することは出来なかった、と言うことか」（『生きて行く私』）と述懐する。恋愛について語ったことだが、この闇の時代を経て、千代の心にも、また世の女性たちの心にもお洒落への渇望が蓄えられ、その渇望がのちに復刊される「スタイル」興隆の原動力となった。

女たちは待っていた「スタイル」復刊

左上が復刊第1号　イラストは高橋三三男。表紙は外国人モデルから日本人へ、また、イラストから写真へと装いを変えていった

戦中やむなく休刊となった「スタイル」を、戦後、復刊しようと思いついたのは、千代でも北原でもなく、知人の産経新聞社社長、前田久吉という人だった。紙も事務所も資金さえも援助するという申し出を受け（とはいえ、実際資金援助は受けるまでもなかったのだが）、千代は「スタイル」復刊へと、それこそ猛スピードで動き出す。新聞広告で購読の予約を募るやいなや、戦後の混乱のさなかにもかかわらず、申し込みは殺到した。こうして昭和二十一年、「スタイル」はよみがえった。「復刊の第一号が、どんなに見事な出来であったか、いまも眼に見えるような気がする」（『生きて行く私』）というように、それはじつに鮮やかな復活劇だった。粗末な紙で、もちろんカラーページはないけれど、誌面からは暗く沈んだ日本に、お洒落の心を取りもどそうとする、野心と意気込み、そして自信が伝わってくる。

やがてカラーのページが差しはさまれるようになり、洋服が当たり前になるに

昭和21年5月号
濃紺のパンツをはいた入江たか子

昭和21年の復刊号に載った原節子。この笑顔がどれだけの人たちの心を浮き立たせ、勇気づけたことだろう

つれ、モデルも外国人から日本人へと、より等身大のページが目立つようになる。

スタイル社は隆盛を極めた。銀座に社屋を構え、スタッフも増員、姉妹誌の創刊、「スタイルの店」の開店など事業も拡大した。が、やがてライバル誌の登場、姉妹誌の失敗など、小さなほころびが出はじめる。そこへ来て巨額の脱税が明るみに出て、ほどなくして会社は倒産。創刊から二十三年、復刊から十三年がたった昭和三十四年の春、女性誌の祖となった「スタイル」の幕は、ついに閉じられることになった。

昭和21年4月号
モデルは高峰三枝子

「スタイル」には洋服だけでなく、着物のページもあった。
右頁は白洲正子、左頁は勅使河原蒼風夫人

イラストには、デザインのポイントが簡潔に添えられている。当時女性たちはこれらを参考にして自分で洋服を縫ったりしたのだろう

この私と言う女は、お洒落の中でも
お洒落の親玉であるように言われて来たが、
ずっと昔、（中略）広津さんの眼には、
いつでも、でこでこにお洒落をした
私の有様がおかしく、
「あれは初荷の馬だよ」と
言ったと言うのである。（中略）
私は自分で大声を出して
笑って了ったものであるが、考えて見ると、
この「初荷の馬」は「粋」の正反対である。
正反対の生まれつきであるために、
私には他のどんな人よりも、
「粋」とはどう言うもののことを言うのか、
実にはっきりと分かるのである。
（『生きていく願望』）

暮らしに着物を「きもの読本」

昭和33年「きもの読本」20号に掲載された宇野千代デザインの着物。
秘書の藤江淳子が惚れて、復刻した。今見ても斬新なデザイン

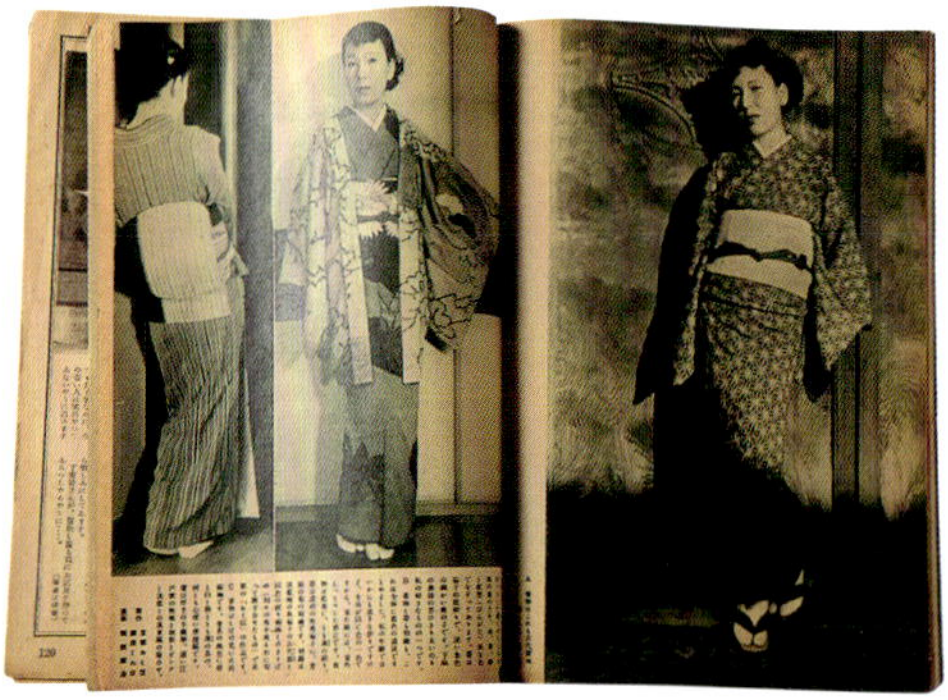

昭和26年の第1号でモデルを務める千代。左頁は着物、帯、羽織を藍色の濃淡でまとめたもので「見た眼には案外しっとりした感じです」

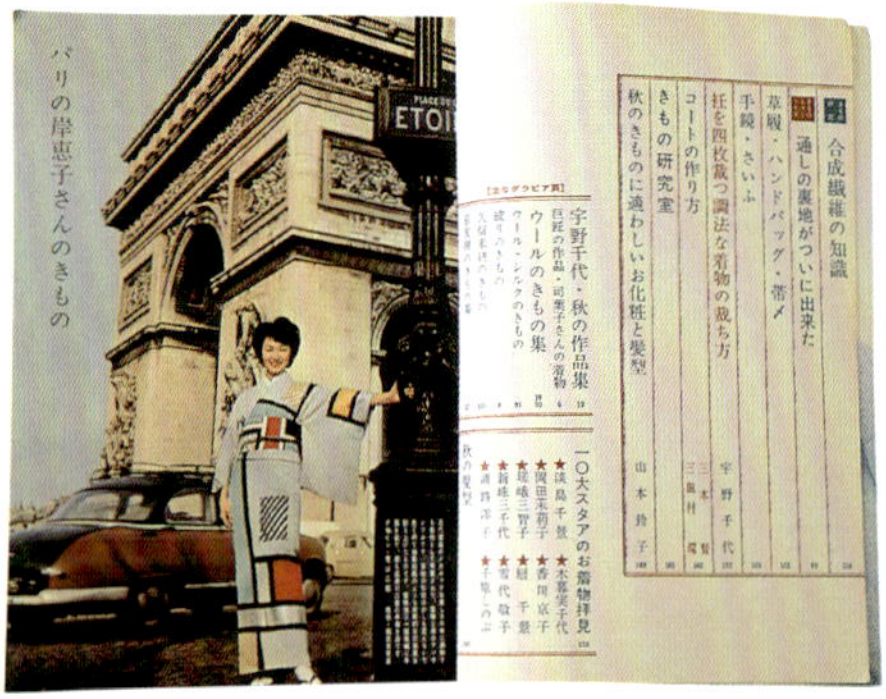

第20号（昭和33年）　青山二郎が、現代社会の中でも調和するようにと考案した着物と帯の「アンサンブル」。場所はパリ、モデルとなったのは岸恵子

上と同じく第1号。洋服に比べて地味な印象の着物を、近代的に、華やかに見せたいという千代の思いが伝わる若々しい誌面

第3号（昭和28年）　鶴川の自宅で着物姿を披露する白洲正子

「スタイル」の爆発的な売れ行きにのっかり、昭和二十六年にその臨時増刊号として出されたのが「きもの読本」である。「スタイル」本誌にも着物のページはあったが、「きもの読本」はこれを拡大し、有名女優や女流文学者に豪華絢爛な着物を着せたり、コーディネートの指南をしたり、常識やしきたりにとらわれない自由な着こなしをつぎつぎと提案していった。

このころから千代は着物のデザインにも力を注ぐようになる。類似の雑誌も現れはじめた頃で、差異化を図らねばならず、また千代自身、既存の着物を紹介するだけでは飽き足らなくなっていた。以降「きもの読本」は千代の新作の発表の場ともなる。それだけではない、雑誌に載った千代の着物はすべて入手できるように、値段を掲載し、注文をとった。昭和三十四年のスタイル社の倒産とともに「きもの読本」も二十二号をもって廃刊となるが、この着物のデザインは千代生涯の仕事となった。

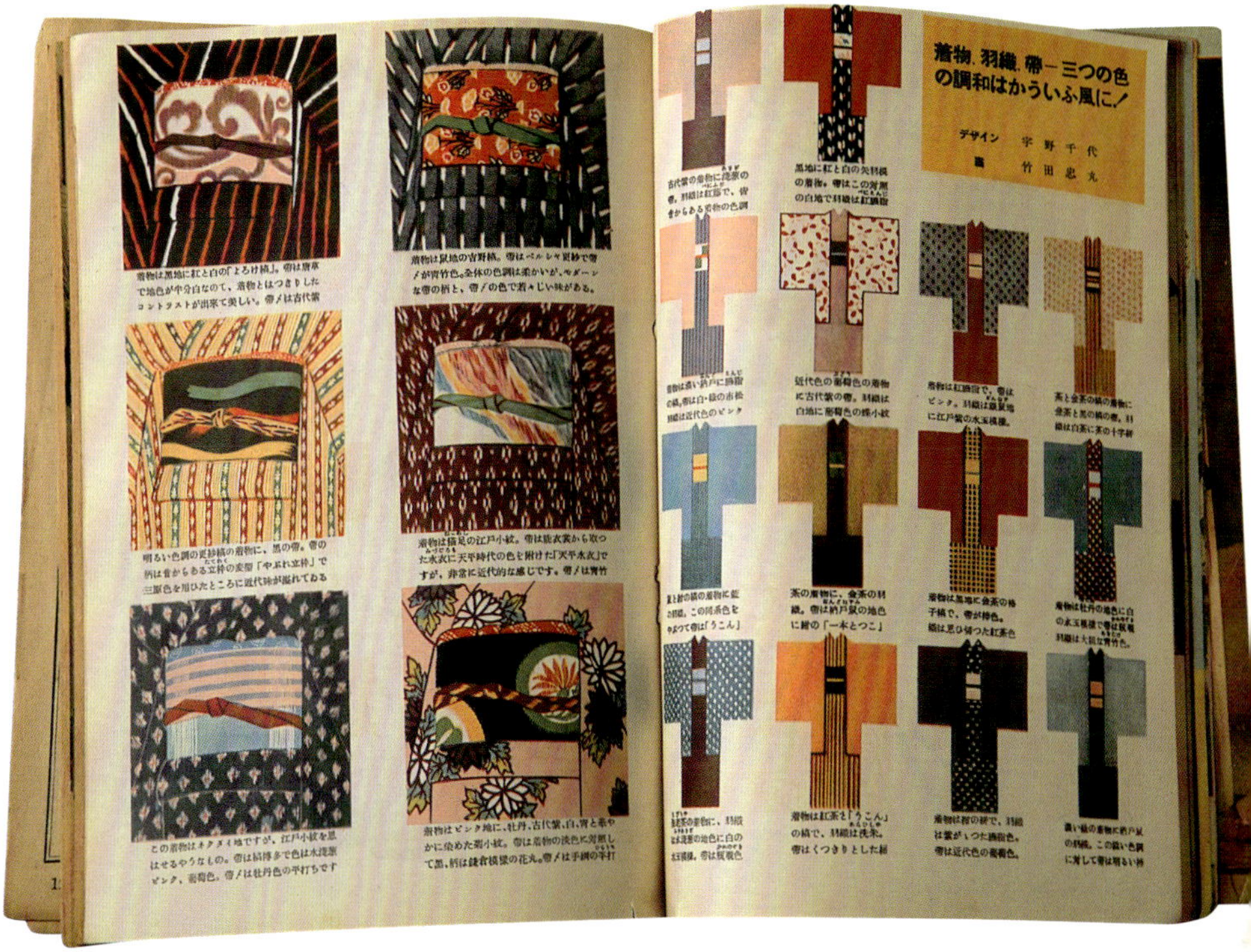

こちらも第1号。千代デザインの着物、羽織、帯のコーディネートをイラストで紹介。やがて実際に制作された着物が、誌面を飾るようになる

第20号（昭和33年）　右頁は結婚式やお茶会といったフォーマル用、左頁はかしこまらないパーティ用といったところか

第10号（昭和30年）「宇野千代御召」は洗えて皺になりにくいレーヨン地を使った日常の外出着。価格も一反680円と廉価

V

いつだって幸せ、夢中の人生

放埒な父と、優しい継母に育てられた千代は、十八歳で同僚の教師と恋に落ちたときから、放浪の人生が始まる。恋して、尽くして、去られても、それをパワーに変え、雑誌を生み、着物を創り、生涯小説家を貫いた。結婚も引越しも、たくさんした。「泥棒と人殺しのほかは何でもした」という、その波瀾に満ちた九十八年をたどろう。

文・保昌正夫

宇野千代は満九十八歳の天寿を全うした。「花のいのちはみじかくて苦しきことのみ多かりき」という言葉があるが、千代の「花のいのち」は短くなかった。「苦しきこと」もないわけではなかったが、それらをむしろ「愉しきこと」に転化、転生した。愛した男との別離についても「別れも愉し」と書いている。その生命力――いのちの限りには目を見はるものがある。

八十五から八十六歳の年に書き継いだ『生きて行く私』は上・下二巻となり、百万部を超えるベストセラーとなった。「生きて来た」ではなく、「生きて行く私」は宇野千代その人の姿勢を表わしている。これを執筆中の昭和五十七年、「透徹した文体で情念の世界を凝視しつづける教鞭《ママ》な作家精神」を評価され、菊池寛賞を受賞した。宇野千代自身が「情念」の人だったのである。強く、しなやかな「精神」で生き抜いたのである。

ここでは明治、大正、昭和、平成、四代にわたって「生きて行く私」であった宇野千代の人と文学を跡づけてみたい。九十五歳の年、「何だか私　死なないやうな　気がするんですよ」と色紙に書いた宇野千代は、やはり死んではいないような気がする。

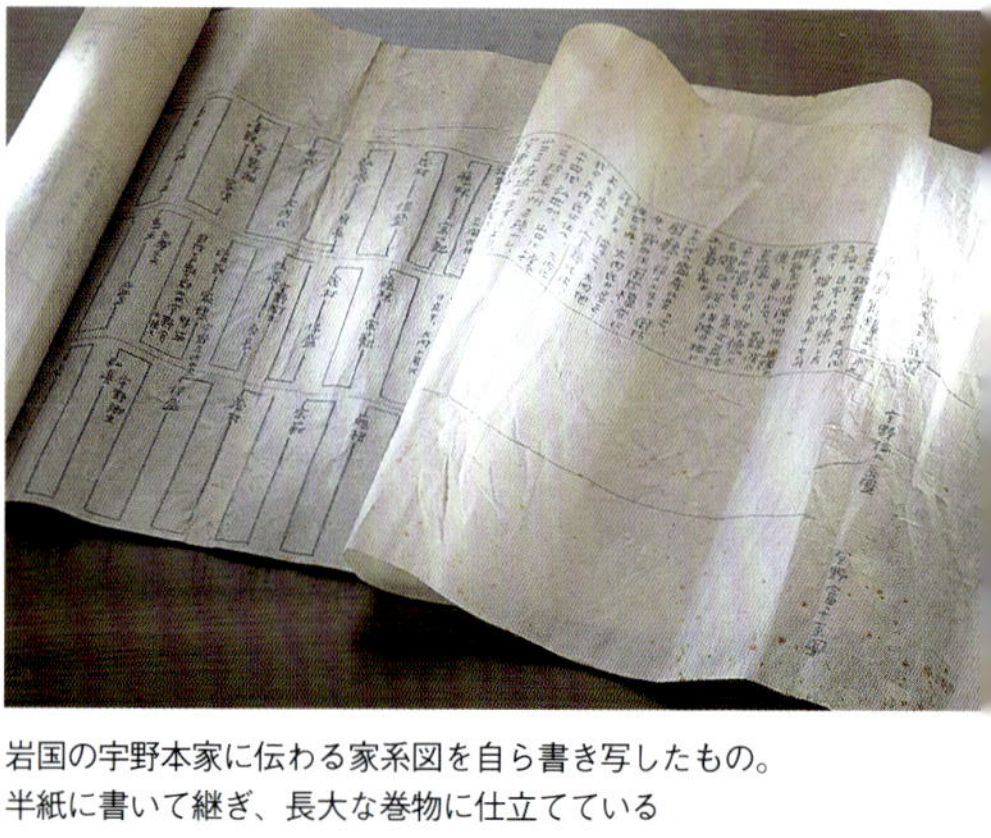

岩国の宇野本家に伝わる家系図を自ら書き写したもの。半紙に書いて継ぎ、長大な巻物に仕立てている

昭和7年頃、自分で初めてデザインした着物を着た千代の写真。まわりは、最後のデザインとなった桜の大振袖

故郷岩国から十八歳で踏み出した放浪人生

宇野千代の『生きて行く私』は「いまから八十四年前に、私は周防ノ国岩国大字川西」で生まれた、と書き出される。あの名橋錦帯橋の架かる錦川の西側の地である。

父親の俊次は放埒無頼の人で、「バルザックかドストエフスキーの小説の中にしか出て来ないような、一種の奇人、乃至は狂人だった」と回想されている。この父親の激しい気性が千代にも伝わっているのかもしれない。

生母トモは千代を生んだ翌々年に死んだ。「私は、トモの寝ている寝床のぐるりを、赤い提灯を持って、よちよちと歩いていた」という。この翌年に父は佐伯リュウと再婚し、五人の子をもうけた。千代は四人の弟と一人の妹の「小さいお母さんになったような心持」であった、と『わたしの青春物語』に書いている。この体験は千代に総領意識を植え付け、一種の母性を宿したといえそうだ。

十六歳のときに父俊次が死去。後年、千代は、このときを振り返って「私は涙を滝のように流したがやはり何となく嬉しかった。私はもうどんなことでも出来る」と「文学的自叙伝」に記している。

大正三年に岩国高等女学校を卒業した千代は、隣村の川下村小学校の代用教員になった。

夜明けの錦帯橋。故郷岩国を流れる錦川に架かる名橋だ。創建は岩国藩3代藩主吉川広嘉で、1673年のこと

千代の生家「川西の家」の〝時計の間〟で時を刻んだ時計

「月給は八円であるけれども、生活費は化粧下のクリーム代も入れて一ケ月二円何十銭しかかからないので、月の終りになると、私は残りのお金を大切に状袋に入れて、それを持ってわが家へ帰るのである」（『わたしの青春物語』）

生徒には「厳格な先生であった」千代は同僚の教員と「熱病のような恋」に落ち、学校を追われた。傷ついた千代は韓国のソウル、当時の京城に出奔する。「若き日の放浪」が、ここから踏み出されることになる。

明治32年、千代2歳、ひなまつりでの写真。この年、生母トモを病気で失った

千代の異母弟妹たち。左から、鴻（ひろし）、勝子、薫、文雄。千代は終生、まるで“長兄”のように弟妹たちの面倒を見、慕われた

大正4年、同人誌「海鳥」の仲間と。前列右から二人目が、「桃割れ」に結い、一人横向きに腰かけた18歳の千代。「海鳥」は小品や詩、短歌などを発表するが、3号で廃刊

生家の玄関から奥の“時計の間”を望む。千代の父はいつも、家の内外がすべて見渡せるこの部屋に座っていた

千代は昭和49年に築100年以上の生家を改築復元した。座敷から、新緑の美しい庭を眺める

その朝、母と娘は
夜明け前に家を出た。
新港と言う小さな港まで、
家から二里あった。
「お母《かか》、行くでよ。」
「風邪をお引きなよ。」
艀《はしけ》が来ていた。暗い海の上に、
一面に霧がかかっていて
朧に船の灯が見えた。
ぽお、ぽお、と汽笛が鳴ると、
岸に残した母の黒い影が、
揺れるように思われた。
(『或る一人の女の話』)

10代の頃から愛用した信玄袋。
朝鮮、京都、東京、札幌、そしてまた東京と、千代とともにさすらった

尾崎士郎との結婚生活に、馬込文士村は華やぐ

千代が京城から帰ったのは十九歳の年。母方の従兄で「ニイちゃん」と呼んで慕っていた藤村忠を頼って京都に住み、その忠が東京帝大に入学したのを機に上京した。

本郷に居を構え、雑誌社の事務や家庭教師などの職を転々としていた千代は、レストラン燕楽軒《えんらくけん》でウェイトレスをした時に「中央公論」の名編集長滝田樗陰《たきたちょいん》を見識った。このアルバイトは短期間で終わったが、樗陰がチップに置いていく五十銭銀貨は千代に幸福感を抱かせた。この時期、今東光、芥川龍之介、久米正雄らとも出会っており、芥川の短篇「葱」はその頃の千代をモデルにしたと言われている。東光の弟日出海は、燕楽軒にいた千代を「見詰めずにはいられぬ美人」、「本郷の女王《クイン》」であったと回想している。また、当時「カチューシャ　かわいや」の歌で知られた松井須磨子から女優に憧れたというのも千代らしい。

二十二歳のときに忠と結婚し、忠が北海道拓殖銀行に就職したことから札幌に移住した。女学校で身に付けた裁縫の腕をいかして、仕立物に精を出したが、じっとしていられぬ千代は「時事新報」の募集した懸賞短篇小説に応募、「脂粉の顔」で一等に当選、賞金二百円を得た。千代は女学生のころ「女子文壇」に変名で投稿もしているが、この一等賞で「書

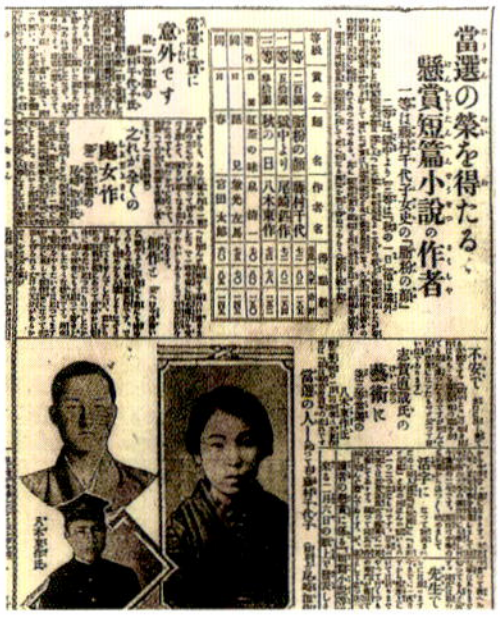
當選の榮を得たる
懸賞短篇小説の作者

千代の「脂粉の顔」の懸賞短篇小説1等受賞を報じた、大正10年1月21日付「時事新報」。1等賞金200円。2等当選は尾崎士郎だった

札幌時代、23〜24歳の千代。得意の裁縫で仕立物に精を出し、周りから「仕立屋の姐さん」と言われていた

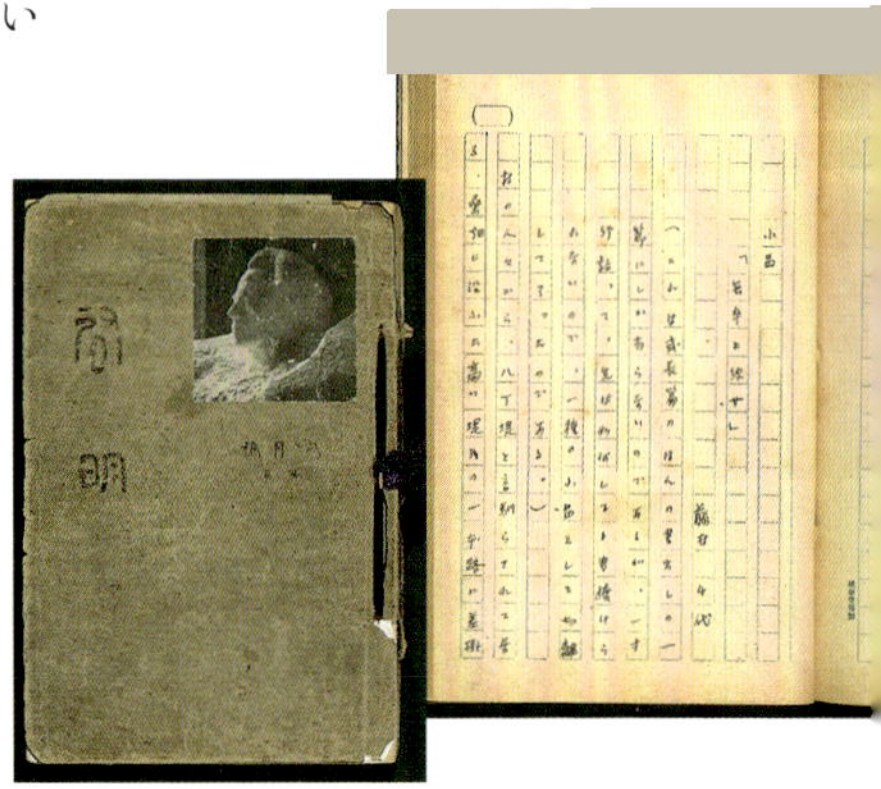

札幌に藤村忠と暮らした大正9〜10年、同人誌「啓明」に千代は熱心に投稿した。写真は大正10年3月発行の「啓明」第3号の表紙と、同号掲載の藤村千代「兵卒と彼女」

けるという自信を持つようになった。ちなみに、このとき二等には後の尾崎士郎、選外佳作には後の横光利一がいた。

続いて「毎日毎日書いた」という「墓を発《あば》く」の原稿を「中央公論」の滝田樗陰のもとに送ったが、何の返事も来なかった。採否を確かめに千代は一人で上京した。そこに「運命の岐れ目」があった。「墓を発く」は、当時の文壇の檜舞台であった「中央公論」の創作欄に掲載されていた。千代は書くことに夢中になり、北海道へ帰れなくなった。そして尾崎士郎と恋に落ち、そのころ文士たちの仕事場として知られた本郷の菊富士ホテルに同宿、間もなく東京府荏原郡馬込村に移居した。

馬込の自宅で台所に立つ千代。「尾崎の好きである、と思うことは、私は何でもした」（『生きて行く私』）。この黒襟をかけた着物も、尾崎好みであった

　二十六歳のときに最初の作品集『脂粉の顔』（大正十二年・改造社）が出版される。翌年には藤村忠との協議離婚が成立し、尾崎と結婚。宇野千代を名乗るようになった。

「朝から晩まで、よそ眼にはおしどりのように仲よく列んでいる、世にも幸福な若夫婦に見えました」

「自伝的恋愛論」のなかで千代は結婚生活をそう振り返っている。次第に文筆家が寄り集まって「文士村」と呼ばれるようになる馬込でも、千代はやはり目立つ存在であった。

「髪をいちょう返しに結って縞お召の着物に黒衿をかけたのを着ていたり、そうかと思いますと、髪をその頃流行り始めた短い断髪にして、着物の上に裏の赤い、

昭和2年、右から三人目、前髪を下ろした美女が30歳の千代。馬込の隣人たちと

昭和2年、湯ヶ島にて。右から二人目が千代、右端は三好達治。三好は友人、梶井基次郎の見舞いのため湯ヶ島を訪れ、千代たちと交流が始まった

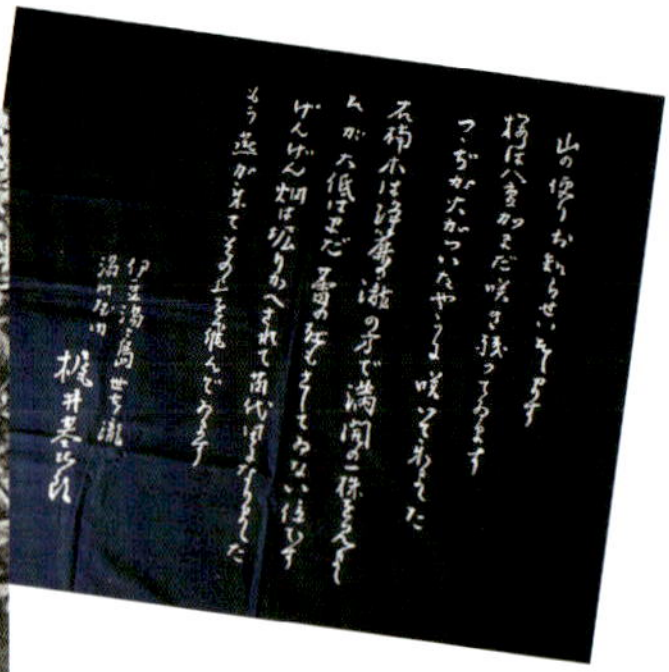

療養のため湯ヶ島に滞在していた梶井基次郎。千代との間に〝恋情に似た〟友情があったという。右は、後年、梶井の法事で配られた風呂敷。一途で清らかな恋の詩が記されている

黒びろうどの短いマントを羽織ったりして、その田舎風景の大根畑の間を歩いたりしていたのでした」（「自伝的恋愛論」）

馬込の生活のなかには、萩原朔太郎や広津和郎らも登場するが、広津はそんな着飾った千代の姿を「初荷の馬」と評したりした。

昭和二年、三十歳の年に、千代は川端康成に誘われて伊豆湯ヶ島を訪れた。ここで三好達治、梶井基次郎、藤沢桓夫らと出会っている。なかでも梶井との間には浅からぬ交流があったようだ。

「梶井は毎晩のように、私の宿へ来ていた。来ると長っ尻で、宿の女中は、雨戸が締められないので困って、物蔭に箒を立てたりした」（『生きて行く私』）

梶井とのこうした関係はすぐさま噂となり、「尾崎士郎は東京へ帰ったのに、湯ヶ島に残って仕事をしている宇野千代は理解し難い」（同前）と囁かれるようになった。

一方の尾崎も、心はすでに千代のもとを離れており、千代は「新しき生活への出発」（昭和三年「婦人公論」）を決意する。昭和四年に執筆された「稲妻」（「中央公論」）は、尾崎と別居して大森海岸のアパートに住んでいたころの「生活記録」のような作品だが、このひとり暮らしも、それほど長いものではなかった。

尾崎との馬込村での生活は、
いま思うと、玩具の家の中のことか、
動物園の中のことかと思うのです。
尾崎は人に好かれ過ぎる
と言うのが唯一の
欠点のような男でした。
（中略）
朝から夜中まで、
入れ替り立ち替り
客がありました。
（『私の文学的回想記』）

馬込に住んでいた当時、使っていた徳利と盃。一つ年下の尾崎には友人が多く、家には来客が絶えなかった。客の顔を見ると、千代はすぐに酒を買いに走った。写真は若き日の尾崎

東郷青児との暮らしは、出会ったその日から始まった

昭和6〜7年、東郷青児と出会った頃の千代。モダンなおかっぱ頭に粋な着物姿

昭和四年から五年にかけて千代は「罌《け》粟《し》はなぜ紅い」（「報知新聞」）を連載した。この小説のタイトルは、梶井基次郎につけてもらったという。また、フランス帰りの画家・東郷青児と出会ったのも、この取材を通してであった。

当時、東郷は愛人と情死未遂事件をおこし、新聞に大きく取りあげられていた。千代はその東郷にガス中毒死について問い質しにいき、出会ったその日から、同棲生活が始まった。

昭和六年、千代は東郷と一緒になって、世田谷の淡島の畑の中に白い家を建てた。白と黒の塗料だけで仕上げた、この「コルビジェ風の家」の借金の返済のため、千代が青児の絵の買い手を求めて苦労する話は「或る男の断面」（昭和五十八年「群像」）に細かく描かれている。

愛用の手鏡とコティのオーデコロン、白粉入れ。白粉入れは東郷の情死未遂事件の相手のもので、千代はずっと使い続けた

この東郷との暮らしで千代が得たものは少なくない。「それまでの私の文学は、所謂、自然主義文学とでも言おうか（中略）陰気臭い題材の間を彷徨していた」が、東郷の「画を身近かに見ている中に、何と言ったら好いのか、その西欧的な抽象世界」に惹かれるようになっていった、という（「東郷青児の影響力」）。二人の合作による豪華本『大人の絵本』（昭和六年・白水社）も生まれた。

さらに千代にとっての最大の収穫は『色ざんげ』（昭和十年・中央公論社）の完成だろう。パリ帰りの若い画家の情死事件を、その男の独白で綴った長篇。聞書きによる小説という作者独自の小説作法がここで開示され、切れようのない男女の心情があますところなく語りつくされたのである。

しかしこれが一冊にまとまる以前に、千代は東郷と別れ、四谷大番町に移り住む。「恋とか愛情とかいうものは、そこにないものを見る心の作用のことなのだ」と自分に言い聞かせるようにして「別れも愉し」（昭和十年「改造」）を書きあげた。

右・下とも、昭和10年頃、神宮外苑にて。千代の傍に立つ男性は不明

上／昭和9年、東郷と別居生活を始めた頃か　下／昭和6～7年、世田谷の淡島の自宅にて　左／千代と東郷青児。昭和5年、二人が初めて夜を共にした蒲団には、情死未遂を起こした東郷と相手の女性の血痕がこびりついていた、というエピソードも残っている

下／昭和8年、淡島の自宅にて。いつでも千代は、相手の男の好みに合わせた、という。当時は東郷のスタイルに合わせて、好きでもない犬を飼った

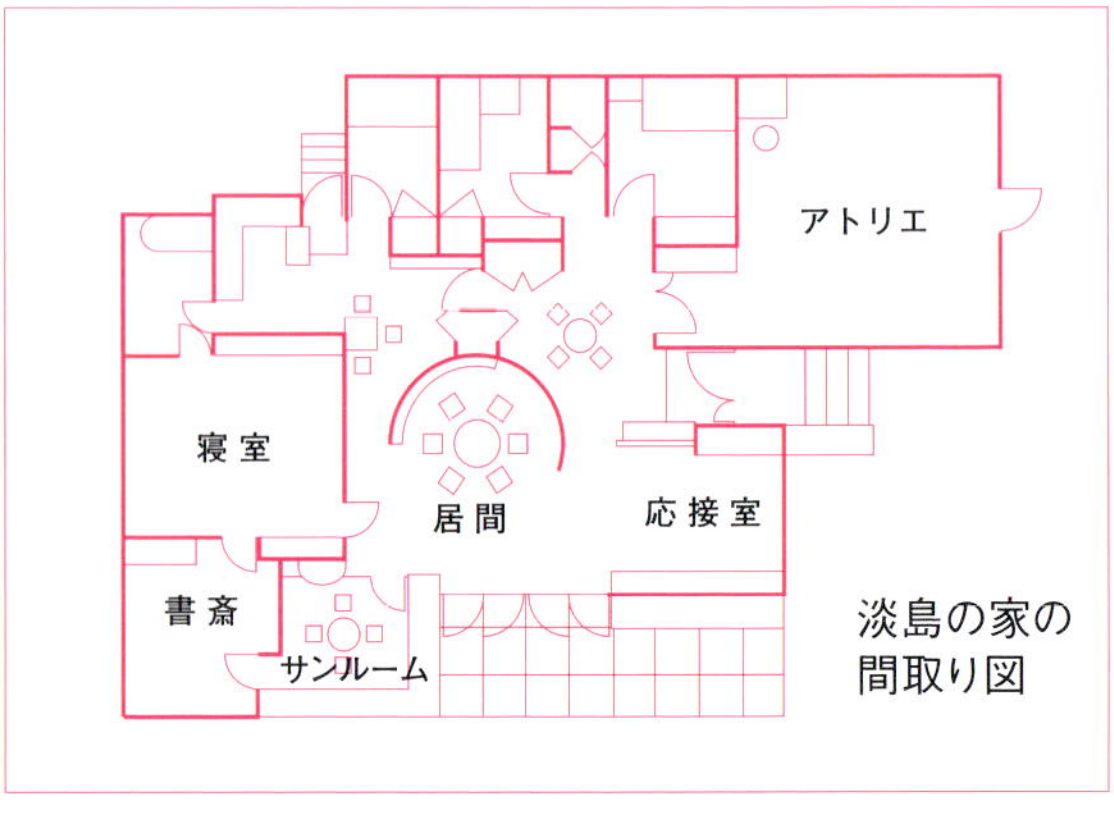

淡島の家の間取り図

私は髪を短く断って、
袖の大きくふくらんだ
洋服を着ていました。
顔には脂を塗って、
眉を細く描きました。
そして、客を呼んで
ダンスをしました。
凡て見たこともない
私だったのですが、
しかし、確かに
私に違いありませんでした。

(『この白粉入れ』)

淡島の家で使っていたコーヒーカップ。西洋風でモダンな暮らしぶりがしのばれる。写真は、東郷と洋装の千代

文学と「スタイル」と
北原武夫に、
情熱を傾けた日々

昭和11年、「スタイル」創刊当時の編集室にて

昭和十一年、千代はスタイル社を創設し、「いかにおしゃれな生活をするか」をテーマに雑誌「スタイル」を創刊する。「スタイル」は当時「都新聞」の記者だった北原武夫の編集協力により、売れ行きが飛躍的に伸びた。千代と北原は、これを機に急接近する。

北原と千代は昭和十四年に結婚するが、十歳も年下の北原との結婚は周囲を驚かせた。しかし、二人はすでに離れがたい関係にあったのだ。千代は北原の小説を評価し、文芸誌「文体」を出すことで、北原の文筆活動の場を作った。「文体」には井伏鱒二の「多甚古村」、太宰治「富嶽百景」といった名作も掲載された。

一方、北原は千代にラディゲ、コンスタンなどのフランスの心理小説を教えた。千代は、ことにラファイエット夫人の『クレーヴの奥方』からは多大な影響を受けた。フランスのモラリスト、アランを読むようになったのもこのころからだろう。千代はアランの言葉、「世にも幸福な人間とはやりかけた仕事に基づいてのみ考えを進めて行く人のことであろう」が好きだったようだ。

昭和十六年に北原は陸軍報道員として徴用され、翌年ジャワに派遣された。遠く離れた彼への思いを綴った『妻の手紙』（昭和十七年・甲鳥書林）は感動作。なお、この時期の作品では『人形師天狗《てんぐ》屋久吉《やひさきち》』（昭和十八年・文体社）、『日露の戦聞書』（同）が見落とせない。この二冊で千代は妙味のある聞書きスタイルを自身のものとしたのである。

千代主宰の文芸誌、戦前と戦後の「文体」。
右端は昭和13年11月の創刊号。戦前は藤田嗣治が、戦後は青山二郎が装幀を手がけた

敗戦後には戦時下の統制で途絶えていたスタイル社を北原と再建。復刊した「スタイル」はファッション誌の先駆けとして驚異的な売れ行きをみせた。「文体」も、青山二郎が表紙を手掛け、季刊の豪華誌として復刊。小林秀雄の「ゴッホの手紙」や大岡昇平「野火」などとともに、千代の「おはん」も掲載される。

千代はこの時期、小林秀雄と青山二郎に兄事していた。「ゲーテに対してエッケルマンがしたように、『小林秀雄との対話』と言うようなものが書きたい」と思った、と後に書いている（「あの頃の小林さん」）。青山については『青山二郎の話』（昭和五十五年・中央公論社）という一冊を残している。

昭和二十五年に木挽町に新築した家はさながら宇野千代サロンといった趣で、女流文学者会もここで開かれた。

昭和21年、復興したスタイル社にて、
モデルたちと。一番奥が千代、手前が北原武夫

上／昭和16年、北原とともに中国を旅した折の写真と日記帳
下／スタイル社時代、モデルとなって写真を撮られる千代

右／昭和14年4月1日、帝国ホテルで北原と挙式。媒酌人は藤田嗣治と吉屋信子だった。千代42歳、北原32歳で二人の年齢差は十、日取りがエイプリルフールということで、冗談だと思う客も多かったとか
上／昭和10年、38歳の千代。四谷大番町の家で

右・左とも、スタイル社で活躍する千代

昭和36年頃、
新橋界隈を歩く千代

昭和26年、銀座みゆき通りに構えた
「宇野千代のきものの店」

昭和27年12月、木挽町の自宅で女流文学者会が開かれ、千代は手料理でもてなした。前列左から、真杉静枝、板垣直子、中里恒子、吉屋信子、三宅艶子、大原富枝、阿部光子、大谷藤子、後列左から、千代、壺井栄、網野菊

木挽町の家の
間取り図

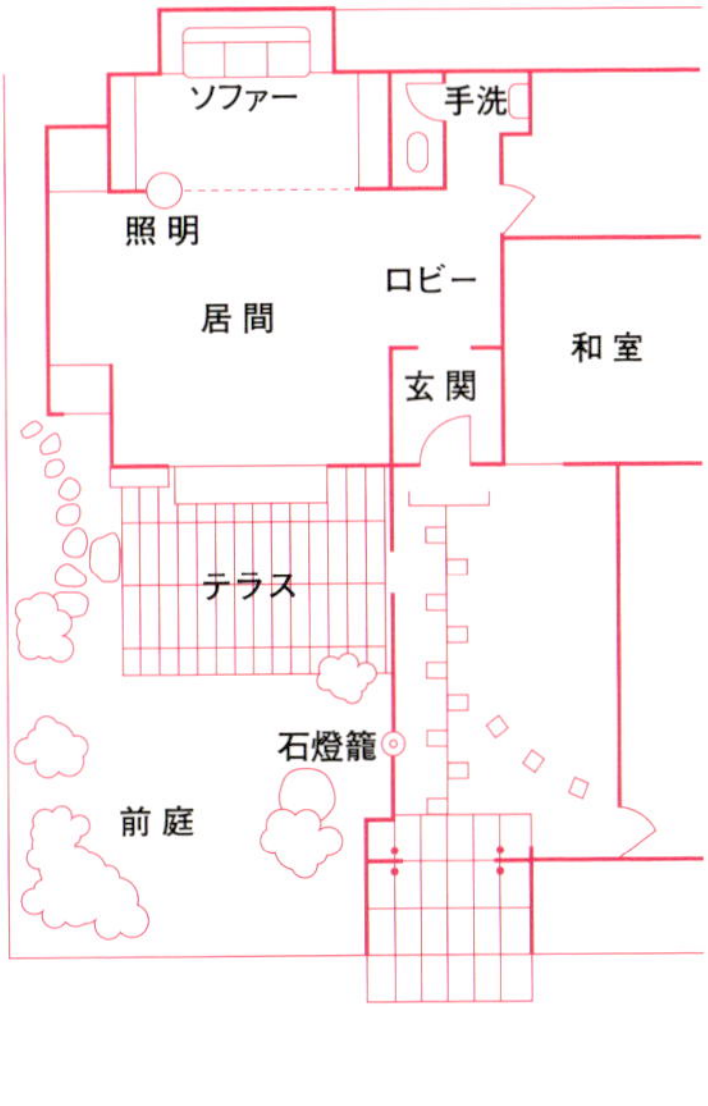

Par Avion
PARIS · La Seine et le palais de Chaillot (Vue aérienne)
Mr. Takeo Kitahara

私は自分のことを、いつでも、
世間普通のことに拘らない、
そう言う女だと思っていたのです。
相手が十も齢下の男であっても、
好きになってはいけない、
などとは夢にも思わないのでした。
しかし、結婚するのは可厭でした。
なぜ、結婚するのが可厭なのか、
このことをここで書くのは、
少々気が引けますが、結婚して、
いつでも自分が齢上だと
思うことに堪えられない、
と言う一種の利己心から
なのだと思うのです。
しかし、それなのに私は、
面と向って北原に、
結婚はしたくない、
とは言わなかったのです。
(『私の文学的回想記』)

昭和12年10月7日、北原武夫が描いた宇野千代像と、北原が外国で買った書籍型ウィスキー瓶、千代が北原宛に送ったパリからの絵ハガキ。奥の薄絹のスカーフは、二人が別れて後、晩年の北原がパリ土産として千代に贈ったもので、千代はずっと大切に使っていた

シアトルへ出発する千代と、見送る北原。羽田空港にて

同じくシアトルにて。千代デザインの着物を着た外国人モデルたちの晴れ姿。「アメリカと言う国の宏大無辺さに、私は吃驚仰天した」（『生きて行く私』）

昭和32年5月、米国シアトルで行なわれた国際きものショーでの一コマ。ショーは盛況で成功した

パリへ、シアトルへ、吃驚仰天の欧米旅行

昭和二十六年、宇野千代は宮田文子とともにパリに飛ぶ。文子はもと武林《たけばやし》無《む》想庵《そうあん》夫人。その「激しく行動」（「宮田文子」）した人生は千代にも通じるところがある。「物事の真ん中、物事の本質を考えることに熟達した人」（同前）という宮田文子評は、宇野千代その人についても言えることではないだろうか。パリで千代はこの「仲よし」と約一ヵ月間、同じホテルに泊まった。

この渡欧は戦後、日本の女性作家としては最初のことであった。パリでは着物姿で街を歩き注視を浴びたが、千代はこの二年前に「宇野千代きもの研究所」を開いて、着物に対する思いを深めていたのであった。パリで知った彫刻家高《たか》田《た》博《ひろ》

昭和26年、パリの街角で出会った子どもを抱く千代。戦後、女性作家として初めて渡欧した

昭和26年、渡仏のためのパスポートと、パリから北原に宛てた絵ハガキ

ニューヨーク、パリで買った
ネックレスやブローチ

パリへ意気揚々と旅立つ千代

厚《あつ》に宛てた書信にはこう書いている。

「故国の土を離れて、ではどうして、何を足場にして、私たちは自分の仕事をする拠り所を求めることができるのでしょう」

千代はパリで「故国」を再発見し、そこに回帰していったのではないだろうか。

昭和三十二年、六十歳のときにアメリカを訪れた千代は、シアトルで催された博覧会の「国際きものショー」に自作の着物を出品した。

「私には、アメリカも日本もなかった。ただ、自分の好きなもの、自分のいま、美しいと思っているものだけに、意識を集めてデザインしていた」(『生きて行く私』)

そんな千代の制作した着物はアメリカでも好評を博した。「時代考証を外した」というデザインはおそらく国際性に着意してのものだったのかもしれないが、その自在な意匠はいかにも千代らしいものだった。米国滞在中に、千代はシアトルのほかニューヨークとハワイを訪れた。

エッフェル塔を背に歩く千代（左）と宮田。千代はパリでは、男女がどこででも接吻する姿に「吃驚仰天」した

パリ郊外のカフェでくつろぐ千代（右）と宮田文子

パリ、セーヌ河畔を着物姿で闊歩する千代。パリジェンヌたちの注目を浴びた

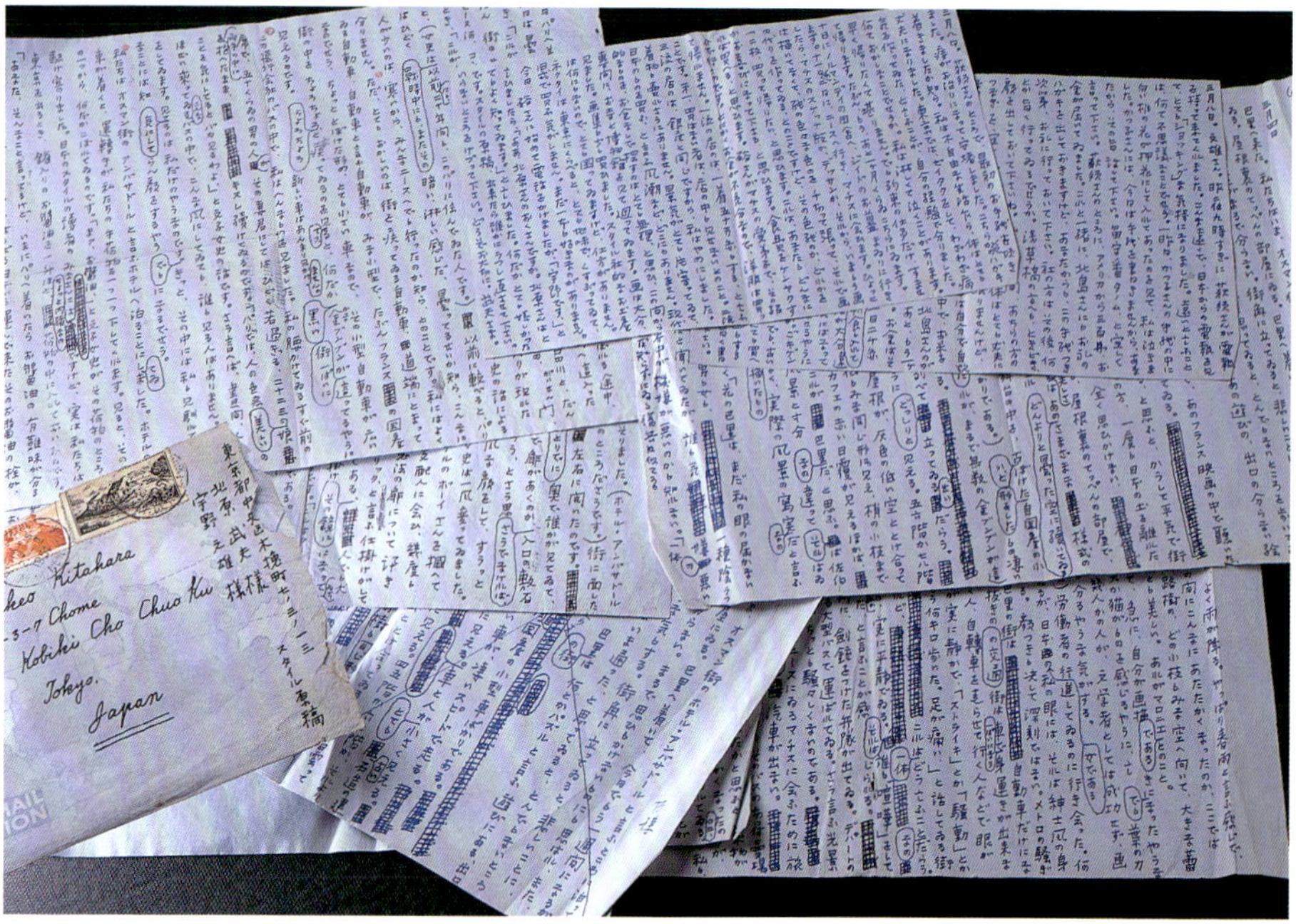

昭和26年、2月から4月まで長期滞在したパリより、千代が北原に送った〝パリ通信〟。
留守中、北原の体を案じる手紙と、「スタイル」誌に掲載する原稿が万年筆で丹念に校正されている

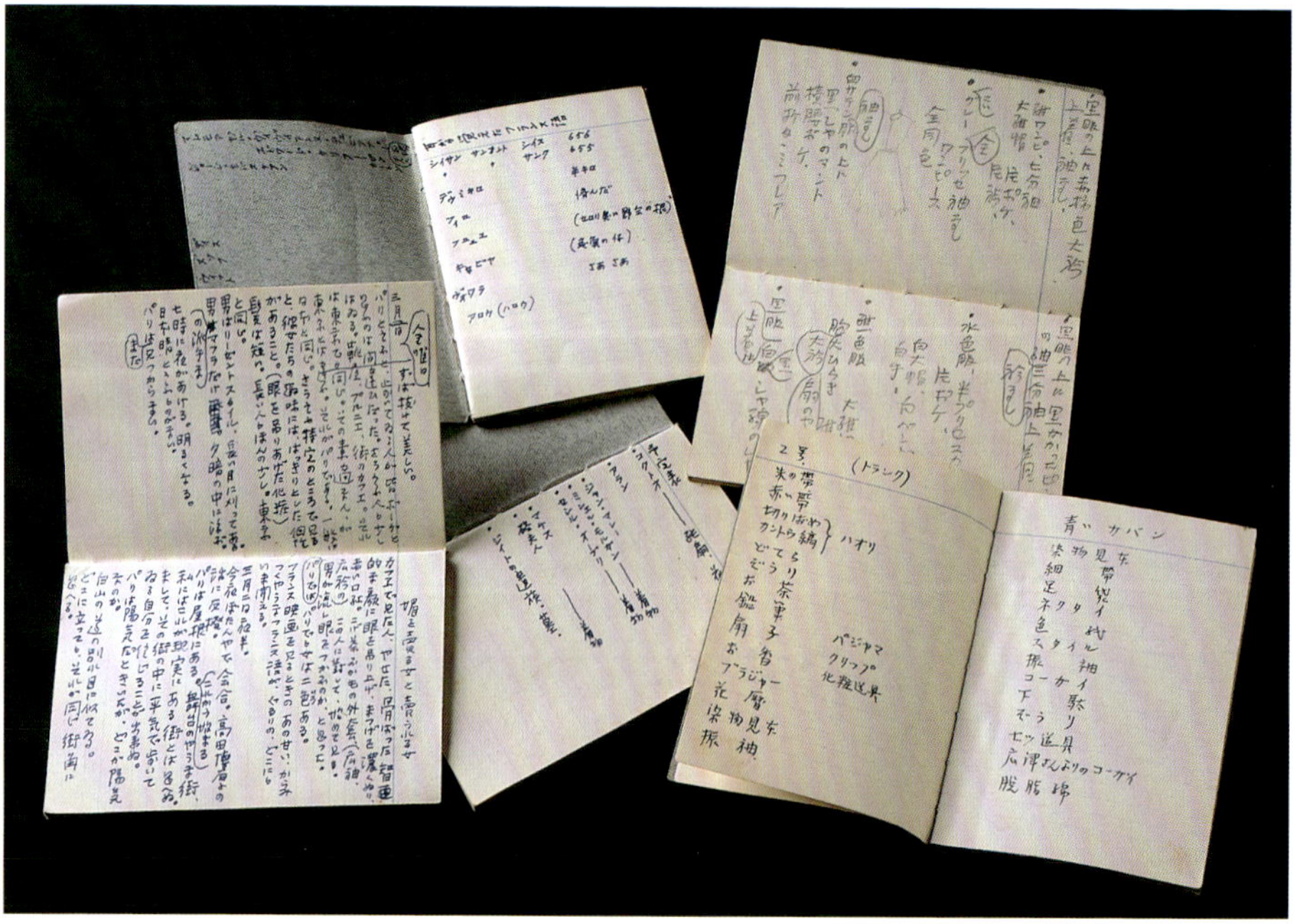

パリに持っていくものや、当地で着るもののコーディネート、使うべきフランス語の覚書などを書いたノート。
パリ滞在中に見聞した日記風メモもある。初の渡欧に、期待に胸を膨らませた様や、毎日を新鮮に過ごした様が伝わってくる

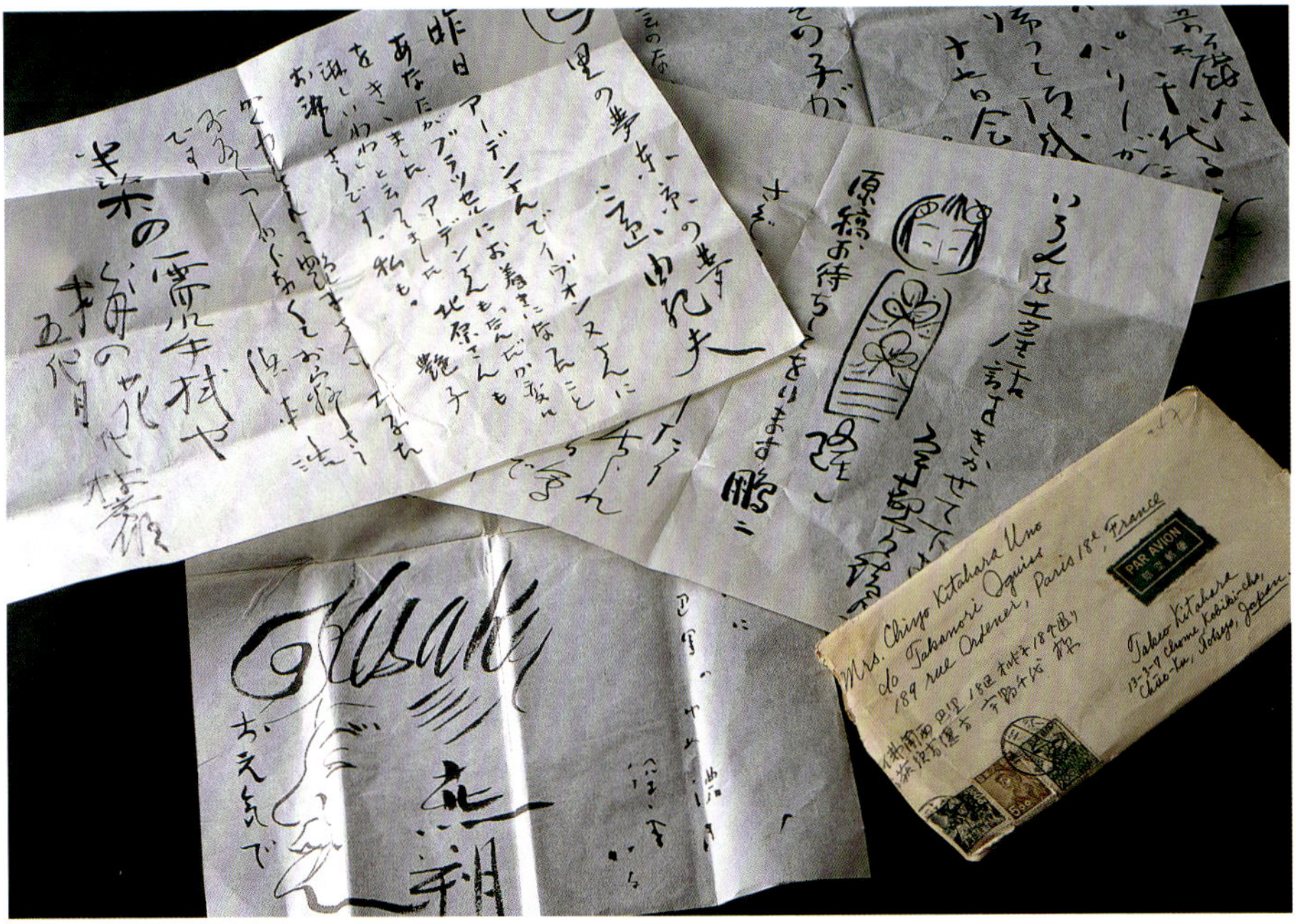

渡仏中の千代に贈られた、友人たちの寄せ書き。
三島由紀夫や三宅艶子、小林秀雄、嶋中鵬二、横山隆一らの激励の文字や絵がある

パリで千代は、じつにたくさんのメモを残している。北原宛の絵ハガキばかりでなく、
ちょっとした紙片に備忘録や感想なども記した。多くの思いを得た旅だったのだろう、航空券もずっと捨てずに持っていた

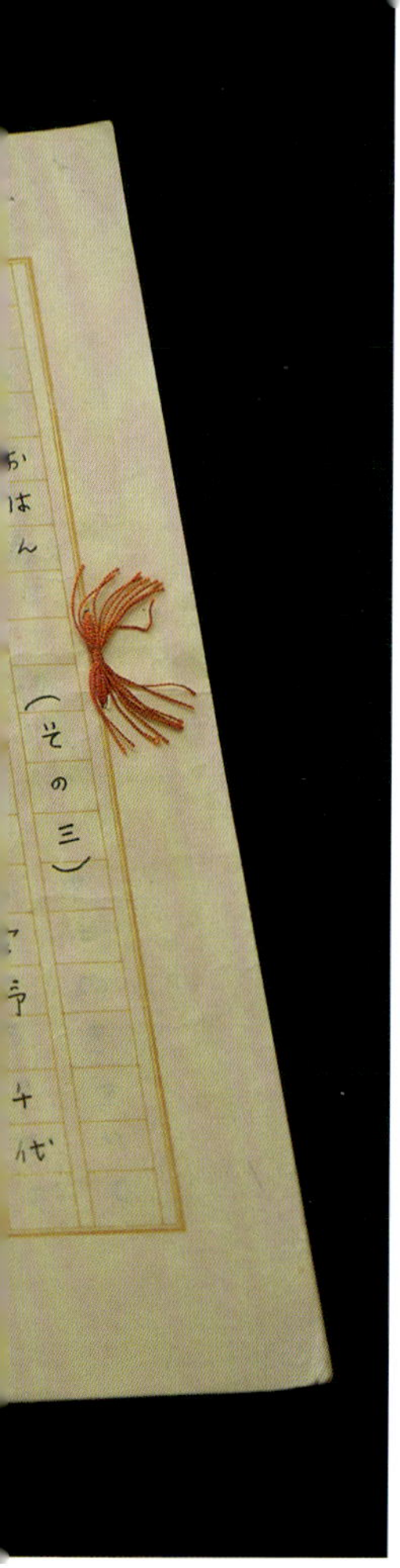

『おはん』原稿。400字150枚ほどの短編小説は、10年の歳月をかけて完成された、千代の魂の作品である

別れを乗り越え、「淡墨の桜」のように生きて行く

昭和三十二年、着手してから十年目にようやく『おはん』がまとめられた。一字一句に作者の思いが息づく、作家宇野千代の金字塔といってもよい作品だ。「徳島の或る古道具屋の男に聞いた話をもとに」、一人の男の、二人の女との関わりが浄瑠璃の世話物を思わせる語り口で綿々と綴られている。小林秀雄はこの作品に作者の「物語るという悦び」を読み取っているが、切々と描きだされた恋する女の内面からは、当時の作者自身を読み取ることもできるだろう。

『おはん』執筆の間、北原武夫は若い女性と関係があり、昭和三十年から千代とは別居状態にあった。スタイル社の経営も傾いており、やがて倒産に追い込まれることになる。そして昭和三十九年に千代と北原は離婚する。千代六十七歳。「不死身の宇野千代はここから始まる。「良人」であった北原との戦後からの生活を顧みて『刺す』(昭和四十一年・新潮社)が書き出される。

「人に愛せられなくなると言うことが、それほどに恐いのか。愛せられなくなっても構わぬと、なぜ覚悟をきめないのか。あれが、あの、迷い、あがくことが、あれが生きていることの根源だったか」(「未練」)

千代は自分に問いかけ、自分に答え、自分に言い聞かせるように書く。北原との別離をたどった『刺す』は千代にとって、一人で生きて行く覚悟の書でもあった。以降、自分の根源を掘り出すような小説を立て続けに執筆する。父の面影を追って「一人の驕慢な男の生涯」を描いた『風の音』(昭和四十四年・中央公論社)や、「一枚の生れた家は」と書き出される自伝体の小説『或る一人の女の話』(昭和四十七年・文藝春秋)がそれ

だ。後者では自己が客観視され、全編に遠近法の確かな筆致が行きわたっている。
　昭和五十年に刊行された『薄墨の桜』（新潮社）は小林秀雄から岐阜県根尾村に樹齢千二百年の桜があることを聞き、それを見にいくことに端を発する作品（のち『淡墨の桜』と改題）。その樹の蘇生を願う一途な思いの持続が、これを書かせたともいえる。千代はこの作品で「人生とは何か」を問いかけた。「淡墨の桜」は私、という思いがあったのだろう。
　この作品から二十年、千代は生き、文字通り「生きて行く私」を実行してみせた。平成八年六月に永眠。その直後には瀬戸内寂聴による『わたしの宇野千代』（中央公論社）が刊行された。この本の表紙に「My Dear Uno Chiyo」と刷られているとおり、千代はその長い生涯にわたって「My Dear」と呼ばれるにふさわしいところを持ち続けた。いまもその巨きな樹から、花びらが人びとに降りかかる。

（ほしょう　まさお　文芸評論家）

岐阜県根尾村（現・本巣市）、樹齢1200年の「淡墨桜」。若木に支えられて万朶（ばんだ）の花を咲かせる老樹を、千代はひそかに自分に重ね合わせた

昭和32年、『おはん』で第5回野間文芸賞を受賞。その授賞パーティで

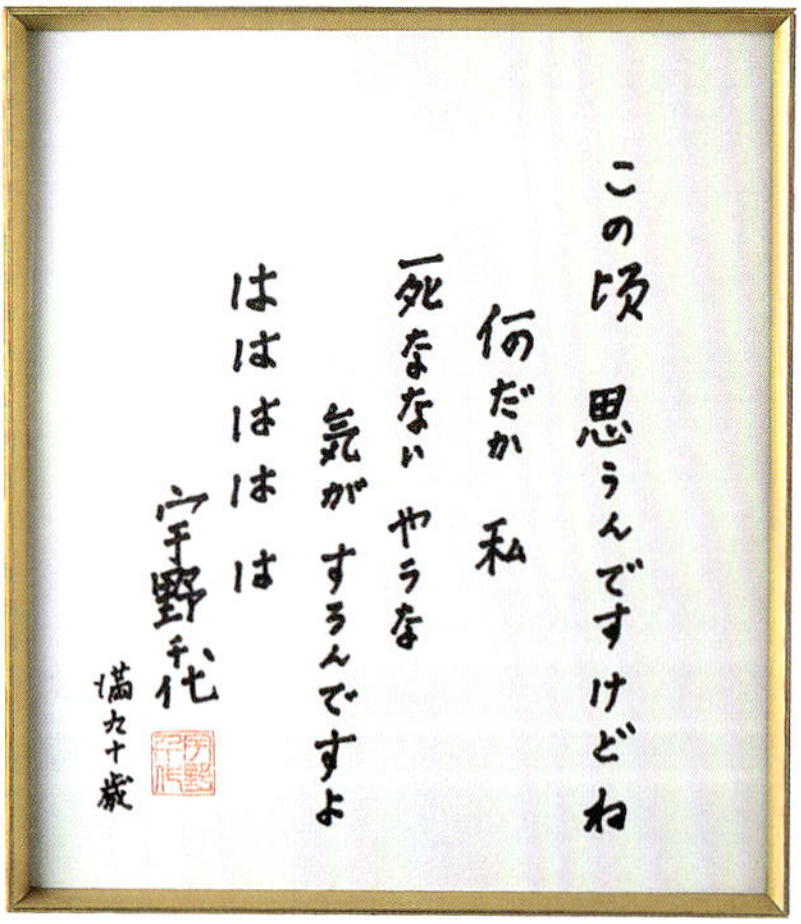
この頃 思うんですけどね
何だか 私
死なない ヤラな
気が するんですよ
はははは は
宇野千代
満九十歳

千代自筆色紙。"遺言"とも言えるこの言葉は、友人のデザイナー三宅一生によれば、千代の人生観をすべて表現している、と言う。多くの魅力的な言葉を残して、千代は満98歳で旅立った

南青山の自宅で、誕生日を祝う最晩年の千代。左は秘書の藤江淳子

『生きて行く私』挿絵の原画。三井永一画で、「毎日新聞」連載の第1回（昭和57年2月7日）に掲載された、岩国の千代の本家、宇野酒蔵の絵である

左頁／米寿のお祝いで、全身、桜吹雪に包まれ、会心の笑顔を見せる千代

私は健康で、明朗であった。
日本の中の、どこの都会、どこの街にいても、
恰かも生まれ故郷にいるが如くに、自然であった。
それは、私にとっては放浪ではなく、
ただ、そこにいただけであった。（『生きて行く私』）

VI

これが私の「家宝」です

「あなたが何事をでも、理解することを望むのであったら、ただ、ただ、そのもの自身のことを、とことんまで尊敬することである」(『普段着の生きて行く私』)

千代は心から友人を敬愛し、多くのひとと交流を重ねた。そういう人々から縁あって手元に来たものを、千代は生涯大切にした。値段なんか関係ない。何にも代えがたい「家宝」である。

天狗屋久吉の阿波の人形

左が、千代が初めて出会った天狗屋久吉作の人形、「傾城阿波の鳴門」のお弓。右が「天網島時雨炬燵」のおさん。久吉最晩年の作

千代デザインの着物をまとった「天網《てんのあみ》島時雨《じましぐれの》炬燵《こたつ》」のおさんは、阿波人形浄瑠璃の人形師、天狗屋《てんぐや》久吉《ひさきち》、通称〝天狗久〟の作。ずっと傍らで千代を見守ってきた。

千代が初めて久吉の人形を見たのは昭和十七年、中央公論社社長、嶋中雄作の家。からくりで動く眼がふいに閉じたまま動かなくなった瞬間、千代は「魂も消え入るような深い感覚」を覚え、そのまま徳島の久吉のもとへすっ飛んで行った。当時八十六歳の久吉は、十六のときから七十年間、木綿縞の座蒲団に座り、鑿《のみ》を使ってこつこつと人形を刻んできた。一日も休まず、同じ机の前に終日座る姿勢を眼のあたりにした千代は、聞書きをまとめた『人形師天狗屋久吉』を書き上げるとともに、仕事の積み重ねの大切さを深く知る。「小説は誰にでも書ける。それは、毎日毎日坐ることである」という千代の持論は、ここから生まれた。

女の人形の顔は、ただ眼が開いたり閉じたりする
だけなのだけれど、どうかしたはずみに、
その眼が閉じたままで動かなくなったのである。
あ、と私はそんな声を立てた。
その開こうとしない眼が、生きている人の眼ざしなど
遠く及ばないような、言いようのない
深い気持を感じさせたからである。
（『人形師天狗屋久吉』）

千代の遺品の中から新たに発見された、天狗屋久吉作の頭

小林秀雄の生原稿と肖像画

久保守「小林秀雄肖像」、昭和58年の作。縁あってこの絵を買った千代は壁に飾り、毎朝、絵に向かって「小林先生、おはよう」と語りかけた

私は小林秀雄と言う人間を、
心から尊敬している。その尊敬している
小林秀雄の生原稿と言うものは、私にとって
どんなものであるか、人には理解し難い
ほどのものであるが、言ってみれば、
生原稿のその文字が、ふいに立ち上がって
私に向かい、ものを言いかける、
神さまか仏さまか、またはお化けのような
働きをしているものであった。

（『普段着の生きて行く私』）

青山の自宅の表札は、小林の筆になるもの

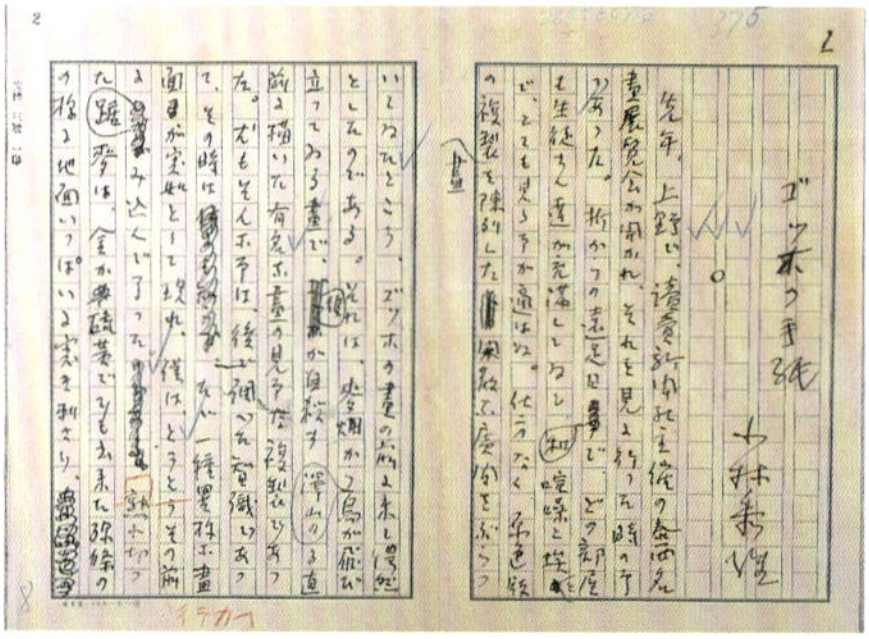

小林秀雄「ゴッホの手紙」生原稿。「その迫力の恐ろしさは、言語に絶する」（『普段着の生きて行く私』）と千代

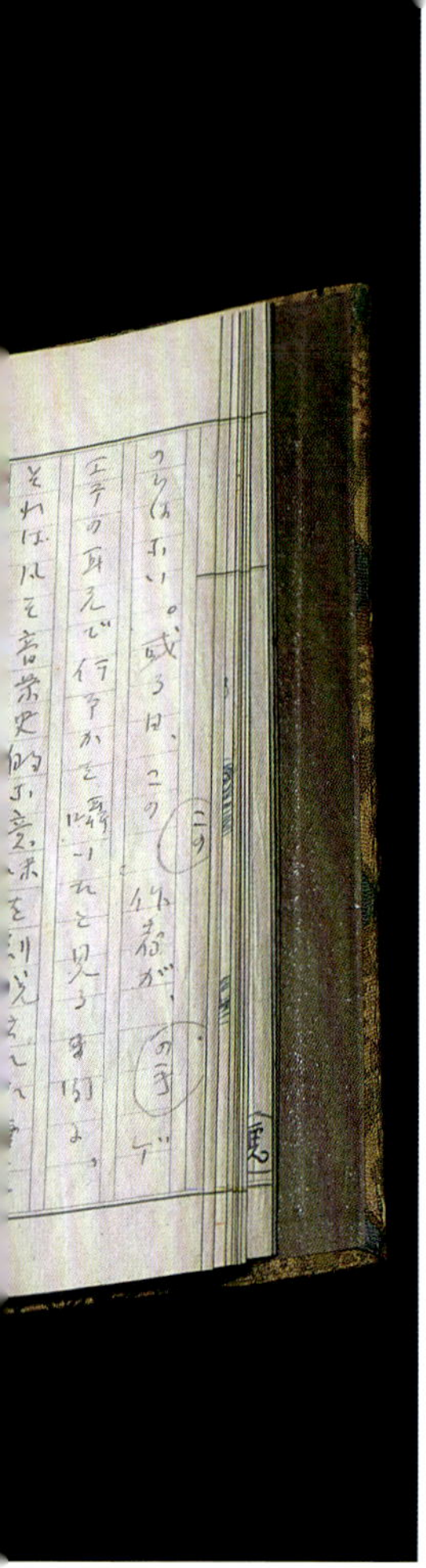

千代は小林秀雄より五歳年長だが、終生、小林を尊敬してやまなかった。尊敬するあまりに、眼を皿のようにして小林の生原稿を読むと、文字が立ち上がり、語りかけてくる。理解するとは、とこと

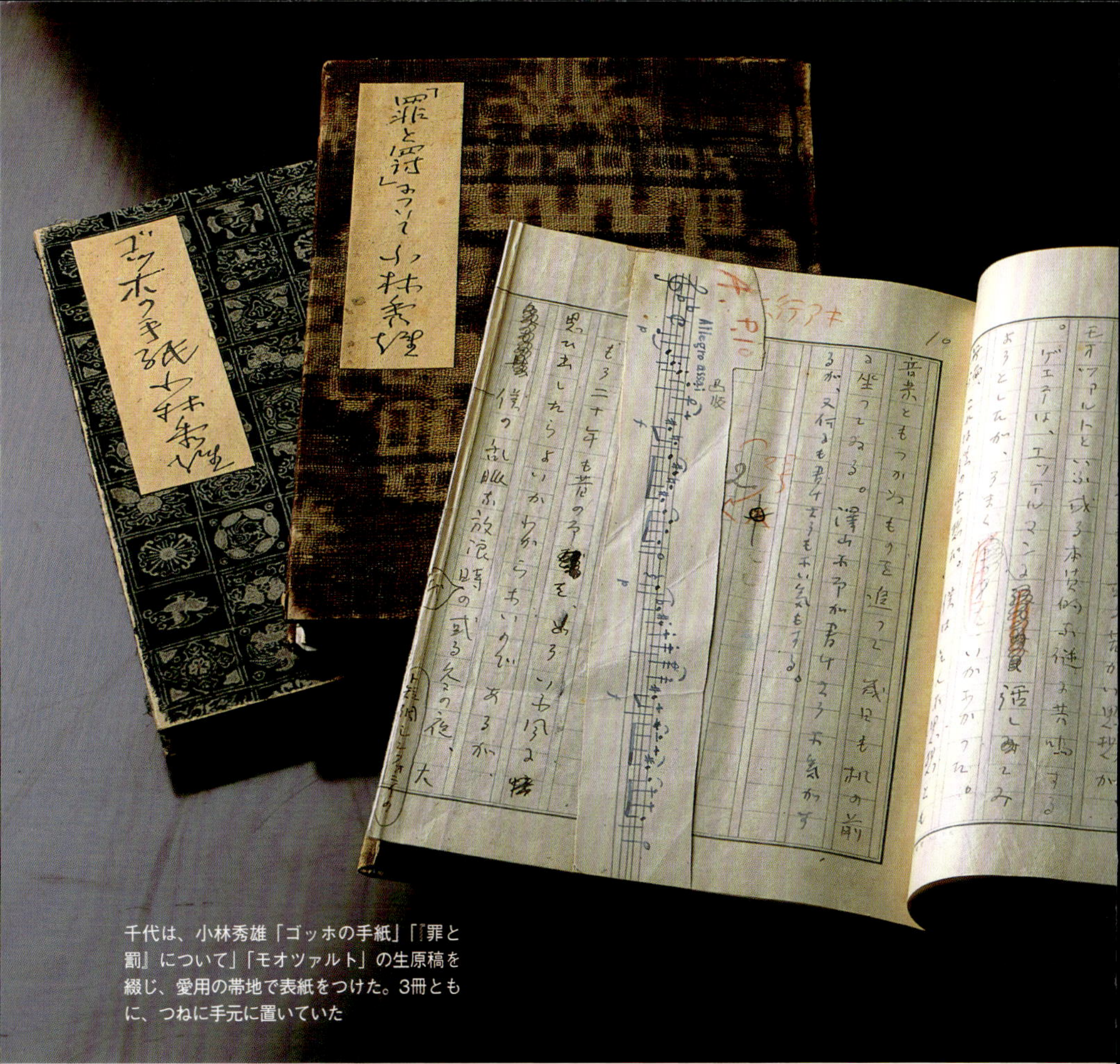

千代は、小林秀雄「ゴッホの手紙」「『罪と罰』について」「モオツァルト」の生原稿を綴じ、愛用の帯地で表紙をつけた。3冊ともに、つねに手元に置いていた

ん尊敬することだ、と確信した。

二人の出会いは終戦前。戦後、復刊した千代主宰の季刊誌「文体」に小林は「ゴッホの手紙」を発表した（後に「芸術新潮」にその後半を掲載）。千代は小林の許可を得て生原稿を集め、一冊に綴じ、自分の帯地で装幀。「どこがどこに続くのか読みとれないくらい、幾度も幾度も書き込み」のある生原稿を読むうちに、「それを書いている小林さんが、まるでゴッホ自身ででもあったかのような印象をうける」（「あの頃の小林さん」）。

ある日千代は、「愛読するドストエフスキーをいつか書きたい」と小林に漏らし、「そんな軽々しいもんじゃない！」とすごい剣幕で怒鳴られた。千代は吃驚仰天するが、後年、「あの時は小林さんに怒られたねえ」などと嬉しがっていたという。これもまた、畏敬の念をもって小林に接する千代らしいエピソードだ。

渾身の作『おはん』が小林にほめられたこと。それが千代にとって最も嬉しかったことという。

青山二郎の煙管と灰落とし

昭和十七年、中山義秀と真杉静枝の結婚披露の席。青山は「廊下で、抜けるやうに美しい婦人と擦れ違つた」（青山二郎「中山義秀」）。千代は「ぱっと目を合した瞬間の、あの感情の火花の散ったような感覚」（『私の文学的回想記』）を得る。互いに強烈な印象をもった出会いであった。

千代は、青山を通じて小林秀雄や河上徹太郎、大岡昇平ら、いわゆる「青山学

美を見抜く天才、ジィちゃんこと青山二郎（1901-79）。青山は、「文体」や千代の著作も数多く装幀した

院」の文士たちとも親交し、青山に「好いものだけを見分ける眼の訓練」を学ぶ。青山の選ぶ麦藁手の湯呑や「魁」文字入りの茶碗を気に入り、百単位でレプリカを作って友人たちに配った話は有名だ。

しかし、青山とどんなに長く付き合おうとも、元来骨董趣味のない千代は、「背伸び」をしなかった。古美術を見るよりも、「あらゆる瞬間に、最も直截簡明な行動しかとらない、そう言う青山さんが好き」（『青山二郎の話』）とさらりと言い、ひたすら尊敬する。青山は、千代の無心さ、自由闊達さ、男っぽいほどの潔さに、惹かれ続けたのではないだろうか。

昭和五十四年、青山の死の際、真っ先に駆けつけたのは、千代であった。

青山さんとの、四十年にあまる長いつき合いの間、私は青山さんから、凡ゆる器物、光悦の経箱から、くらわんかの茶碗まで見せられていたのに、実のことを言うと、私には器物のことが分らなかった。或いは、それほど好きにはならなかった。私にとっては、器物を見るよりも、青山さん自身と接していること、そのことが好きであった。

（『青山二郎の話』）

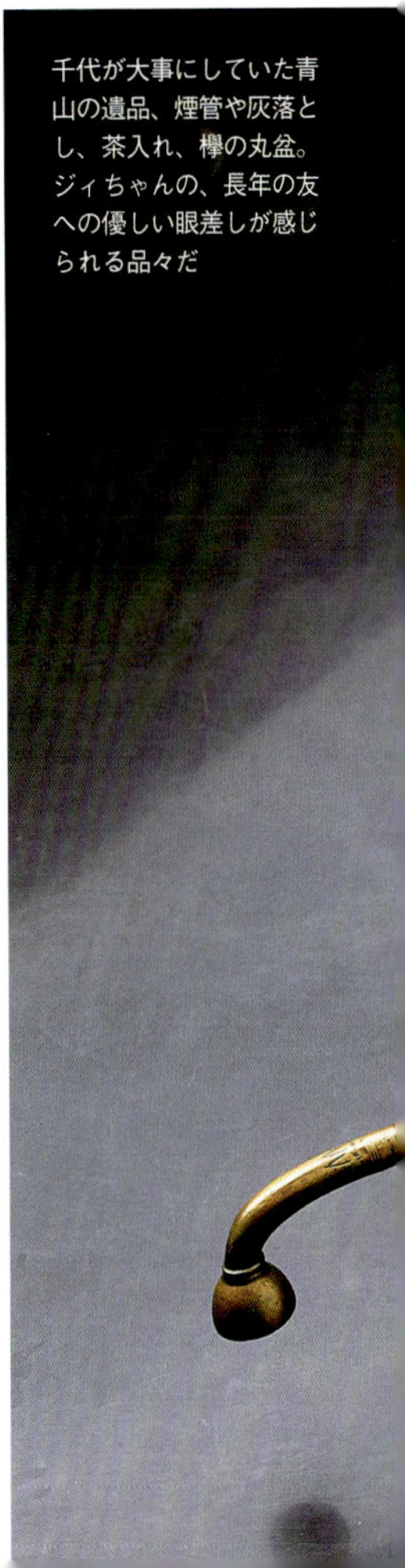

千代が大事にしていた青山の遺品、煙管や灰落とし、茶入れ、欅の丸盆。ジィちゃんの、長年の友への優しい眼差しが感じられる品々だ

青山が親しくしていた陶芸家、伊奈久作の壺

青山二郎画「林」。描いては上塗りし、一枚の絵を仕上げるのに100日はかけるのが青山。「まだ完成してないんだけど、宇野さんも気が短いからね」と言った青山二郎の未完の作だ

谷崎潤一郎の朱塗りの箪笥

年月を経て、磨き込まれた朱塗りの箪笥。
つねに千代とともにあり、千代を支えてきた

「自信などと言う生半可なものではない。自己の持っているものを、神を信じるような念力を持って信仰した人」(『幸福は幸福を呼ぶ』)、それが谷崎潤一郎だ、と千代は言う。谷崎作品のすべてに貫かれる「揺ぎなき自信」に圧倒された千代は、この大文学者に畏敬の念を抱き続ける。谷崎の遺品となった朱塗りの箪笥は、千代にとって無くてはならない、自分を見守ってくれる大きな存在であった。

谷崎がこの箪笥を千代に贈った時期や経緯は、よくわからない。しかし、東郷青児と暮らした頃にはすでに千代の許にあった。「あの朱塗りの箪笥、あれを取りに行っても好いかしら。ほかの物は何にもいらないけど、あの箪笥だけは欲しいのよ」(『生きて行く私』)。そう言って、東郷と別居中の千代は、世田谷の淡島の家から四谷大番町の自分の「城」へと、この箪笥を荷車に載せて運んでいる。その後も千代は、この箪笥とともに引越してきた。箪笥を谷崎自身と思い、朝晩挨拶したとは、いかにも千代らしい。

その簞笥は、いまになると、
谷崎潤一郎の遺品であった。朱色の
漆を塗った、古風な、どっしりとした簞笥で、
その簞笥一つを見ても、潤一郎の
耽美な生活が分かるようなものであった。
（『生きて行く私』）

私たちと谷崎とのつき合いの中には、
どこからどこまで、食べ物を探し合う
と言うことを除いては、他のどんな
事柄の欠けらも混ってはいなかったのに、
或るときのこと、私は突然、
谷崎を前において、
「先生。ラファイエット夫人の『クレーヴの奥方』は、
あれはフランスの『源氏物語』なのですね、」
と言って了ったのです。
このときの谷崎が、どんな顔をして私の顔を見たか、
誰かに見せたかったと、いまでも私は思います。
「…………」谷崎は無言で、そして素知らぬ顔で、
或いは、いま何を言ったのか俺は聞かなかったぞ、
と言う風な眼付きをして、私の顔を見上げたのです。
（『私の文学的回想記』）

昭和10年頃、四谷大番町の自宅にて。谷崎の簞笥の前に立つ、切りばめ（50頁）の着物姿の千代。その後昭和19年に疎開した熱海では、谷崎と千代の一家は、食料を融通し合う〝お台所のつき合い〟で、毎日のように往来した

谷崎からもらったという井戸茶碗。千代は毎日これで牛乳を飲んでいた

宮田文子の指環

「これは、幸運を呼ぶ指環なのよ」（中略）
文子が、どんな世界の果ての島々にまでも、
金を持たないで旅行出来るのは、
この指環のお蔭なのであった。
（『生きて行く私』）

昭和41年、丈夫で健啖家だった文子が急死。遺品となった〝お守り〟の指環とイヤリングが、後日、夫の耕三から千代のもとへ届けられた

パリが結んだ友情

昭和二十六年、千代はパリを旅した（92頁）。「街角でも、ホテルの中でも、バスの中でもどこでも、男と女が顔をぴったり押しつけあって、接吻している風景」（『生きて行く私』）にびっくり。ここに挙げた三つは、そんな思い出を残したパリに縁の深い「宝物」である。

一ヵ月間のホテル暮らしを共にした大の仲よし、随筆家の宮田文子は、恋と冒険に生きたひと。かつてパリで男にピストルで頬を撃ちぬかれた噂や、終戦で欧州から引き上げて来る際、途上のハルビンで、単身、ソ連の司令部に乗り込み、得意のフランス語でまくし立てた武勇伝を持つ。そんな外国を飛び回る文子の〝お守り〟が、写真の指環。たとえボロを着てても、飛びきり上等の鰐皮ハンドバッグの上に、この指環を嵌めた手を重ねれば、どんな超一流ホテルでも「どうぞお

アランの絶筆

「これはアランの絶筆ですよ」と、私はいつでも人に話すのを忘れなかった。（同前）

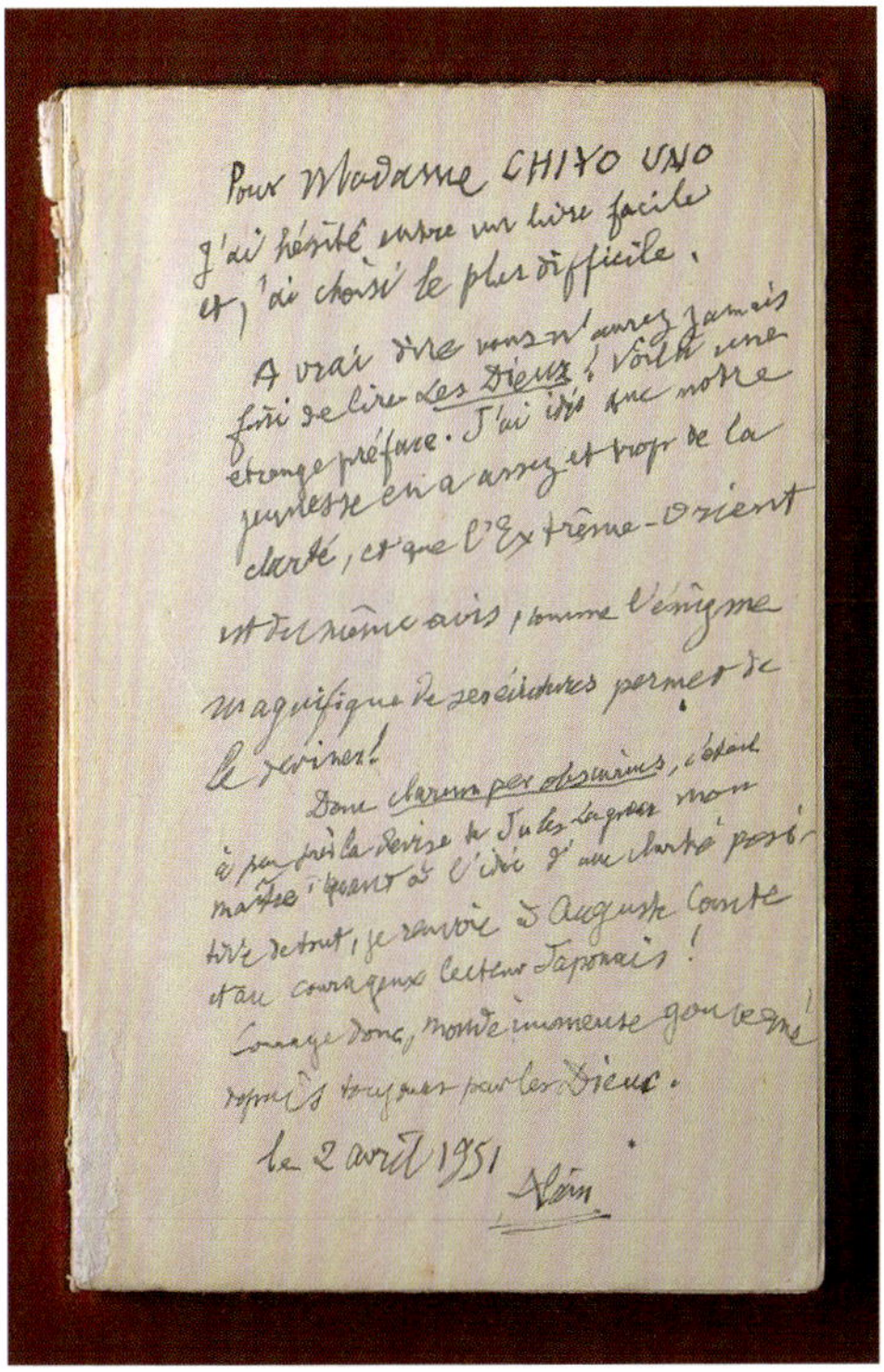
Pour Madame CHIYO UNO
J'ai hésité entre un livre facile et j'ai choisi le plus difficile.
A vrai dire vous n'aurez jamais fini de lire Les Dieux ; voilà une étrange préface. J'ai idée que notre jeunesse en a assez et trop de la clarté, et que l'Extrême-Orient est du même avis, comme l'énigme magnifique de ses écritures permet de le deviner !
Donc clarum per obscurius, c'était à peu près la devise de Jules Lagneau mon maître ; quant à l'idée d'une clarté positive de tout, je renvoie à Auguste Comte et au courageux lecteur japonais !
Courage donc, monde immense gouverné toujours par les Dieux.
le 2 avril 1951
Alain

プロポ（語録）形式で著名な仏の哲学者アラン（1868-1951）。千代がパリ郊外の家に訪ねてまもなく、没した。

病床のアランは、千代のために著書にサインをし、扉頁に献辞を書いてくれた。「この本は、私の本の中で一番むずかしいものである。いまの貴下にとっては、分からないものかも知れないが、敢えてこれを献呈する」。不思議な言葉だが、千代は「アランの絶筆」に素直に感謝した

泊まりを」と部屋へ案内したそうな。

文子の案内でパリを歩いた千代は、彫刻家の高田博厚《たかたひろあつ》に出会って親しくなり、高田の紹介で、敬愛してやまない哲学者のアランを訪ねたのであった。

高田博厚のレリーフ

31歳で渡仏、アランやルオー、ロダンらと親交のあつかった高田博厚（1900-87）。千代のパリ滞在中は方々を案内、すっかり親しくなった。銅製レリーフ作品が千代の手元に残された

中村天風の書

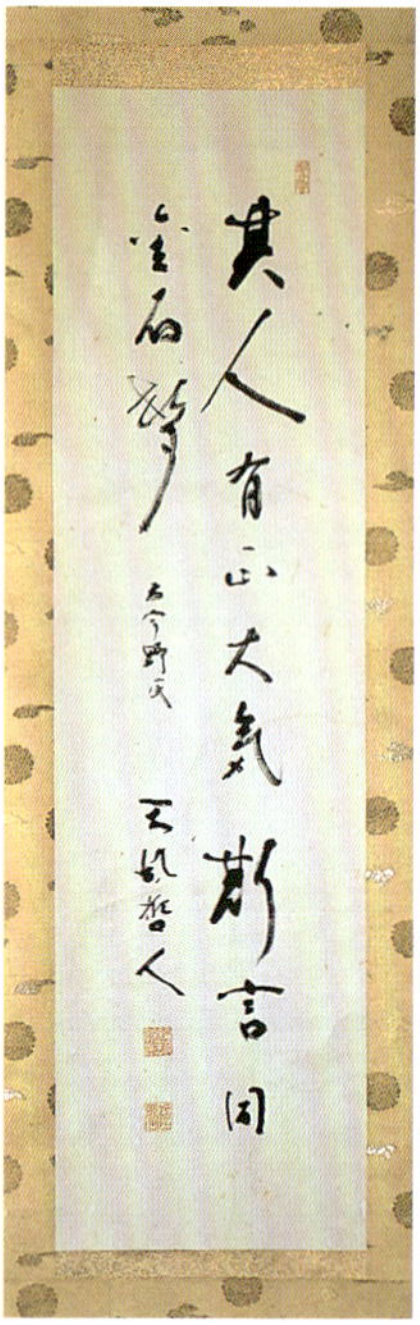

統一哲医学会（現・財団法人天風会）創設者でユニークな哲学者中村天風（1876-1968）による書。一時師事していた千代は『天風先生座談』を上梓

岡田三郎助の「ひとみ」

洋画家岡田三郎助（1869-1939）の大正15年作「ひとみ」。面差しが、若い頃の千代に似ている

阿部金剛の「畳翠香」

岡田三郎助に師事した洋画家阿部金剛（1900-68）にもらった扁額。草原に吹き渡る翠風の意。金剛は東郷青児の友人で、千代の親友三宅艶子の夫でもあった

好きなものに囲まれる安らぎ

「単純明快が美しさの原点」と、千代は繰り返し言う。それは着物のデザインだけでなく、暮らし全般に及ぶこと。南青山の自宅マンションの空間には、千代の大好きなものが、今も置かれている。「決められた場所に、決められたように置かれているというのも私の安心の一つ」（『私の幸福論』）。自分が気に入っている思い出のものを、ずっと変えずに置く。それが単純明快で、最も快適、自分に合った暮らし、ということだ。

　天狗屋久吉作の人形、谷崎潤一郎から贈られた簞笥、小林秀雄の肖像画などのほかに、ここに紹介する四点の書画も、千代はつねに傍に掛けていた。

　岩佐又兵衛の絵と称する肉筆浮世絵は、

岩佐又兵衛？の絵

この空間には私の好きな、
思い出の道具が置かれています。
決められた場所に、決められたように
置かれているというのも
私の安心の一つなのですね。

（『私の幸福論』）

「三ヶ月の月賦」で衝動買いした肉筆浮世絵。「これで、三ヶ月飲まず食はず。偽物かも知れないが、それでも宜しい」などと日記に見える

ある時、地方に旅した折に偶然出会い、その美しさに惚れて買った。後日、青山二郎はこの画を見て、又兵衛かどうかははっきりしないが、好い絵だ、当ったね、と褒めた。千代は、又兵衛であろうとなかろうと、「自分の好きで買った、その眼が当ってゐた」（日記より）、それが嬉しくて仕方がなかったそうだ。

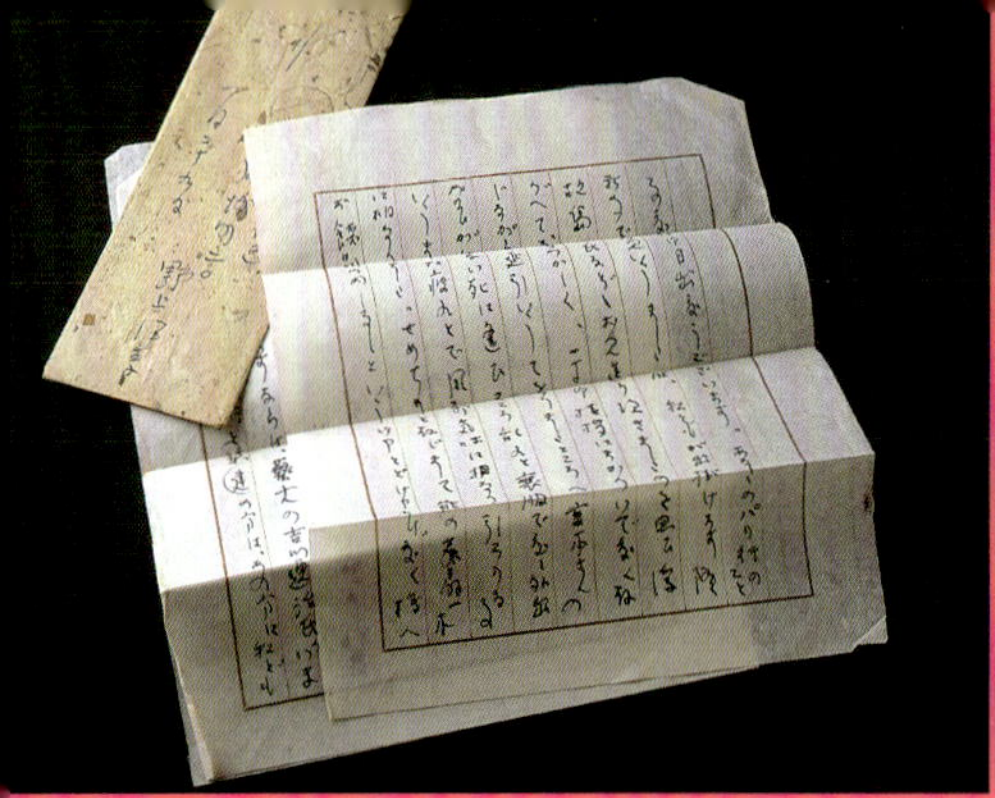

野上弥生子からの手紙。野上は明治18年生まれ。
先輩女流文学者として千代は尊敬していた

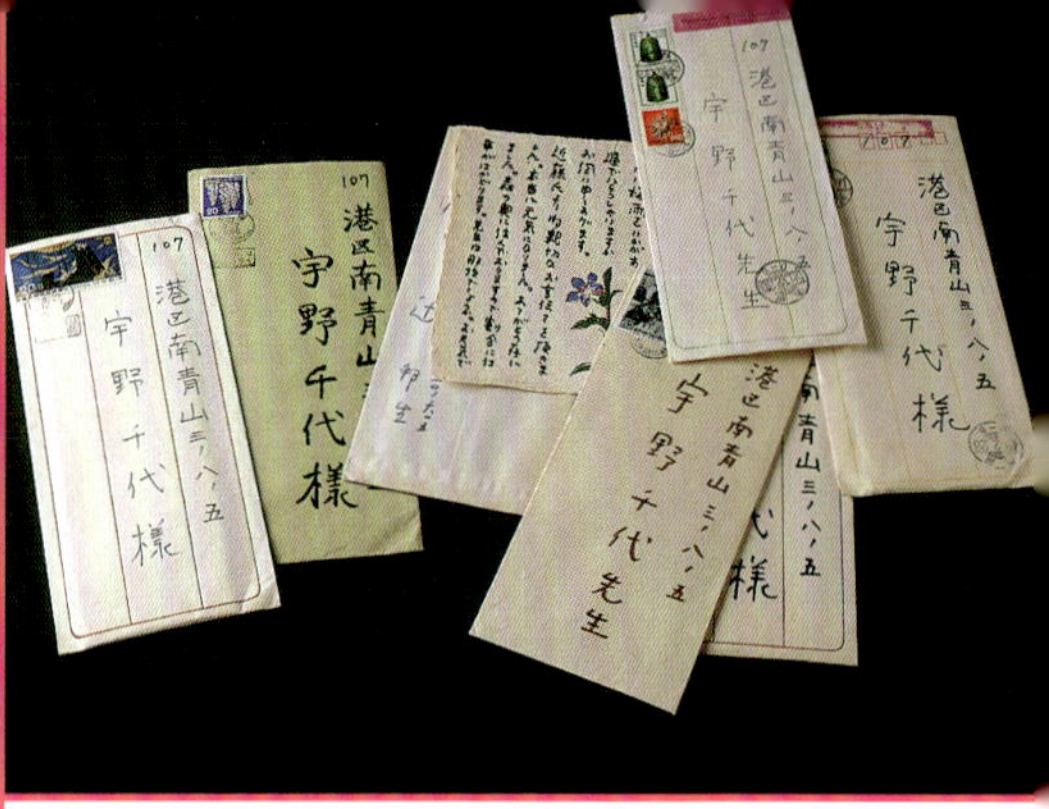

辻邦生からの手紙。几帳面で、
優しさがにじみ出たような文字が印象的だ

友人たちからの手紙

人を大切にするからこそ、千代はものをも大切にできた。古くからの友人にも、晩年になって知遇を得た人にも、先輩の文士にも、ずっと歳下の人にも、千代は隔てなく接し、敬愛した。

「昔はちょっとしたことでも、すぐ手紙や葉書を書いて、相手に、そのときの自分の気持ちを伝えたりしたものである。

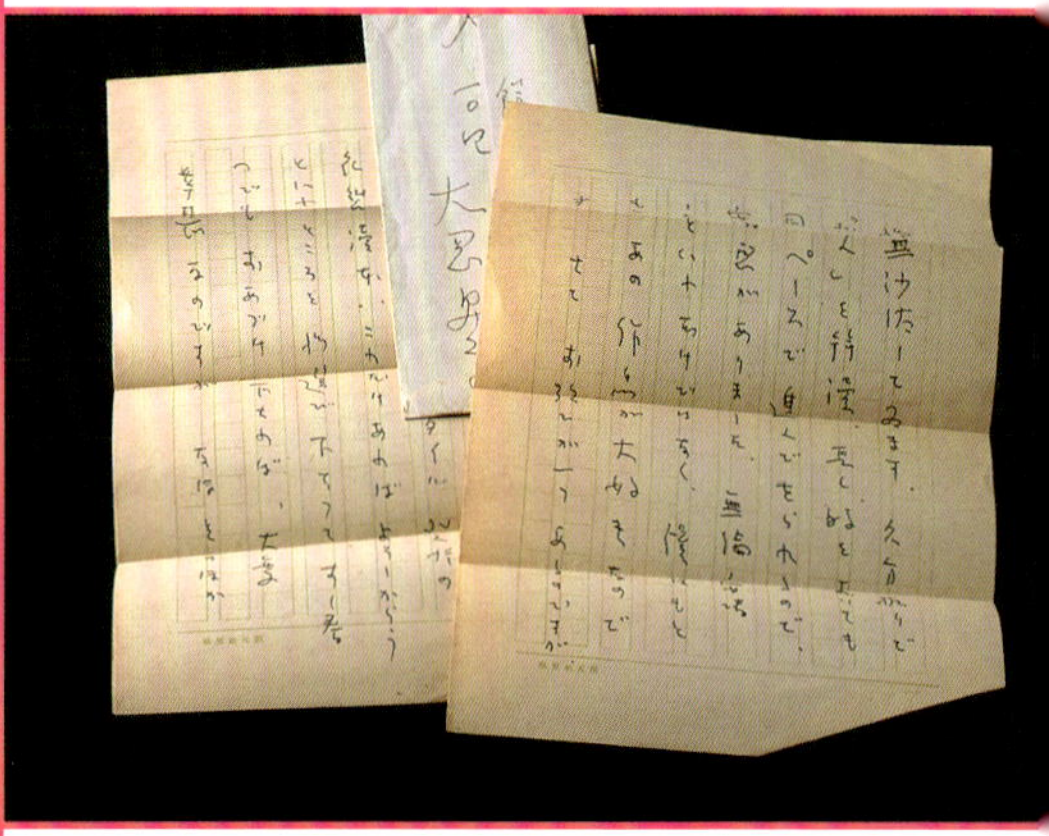

大岡昇平からの手紙。大岡は戦後の
千代主宰「文体」に、「野火」を寄稿した

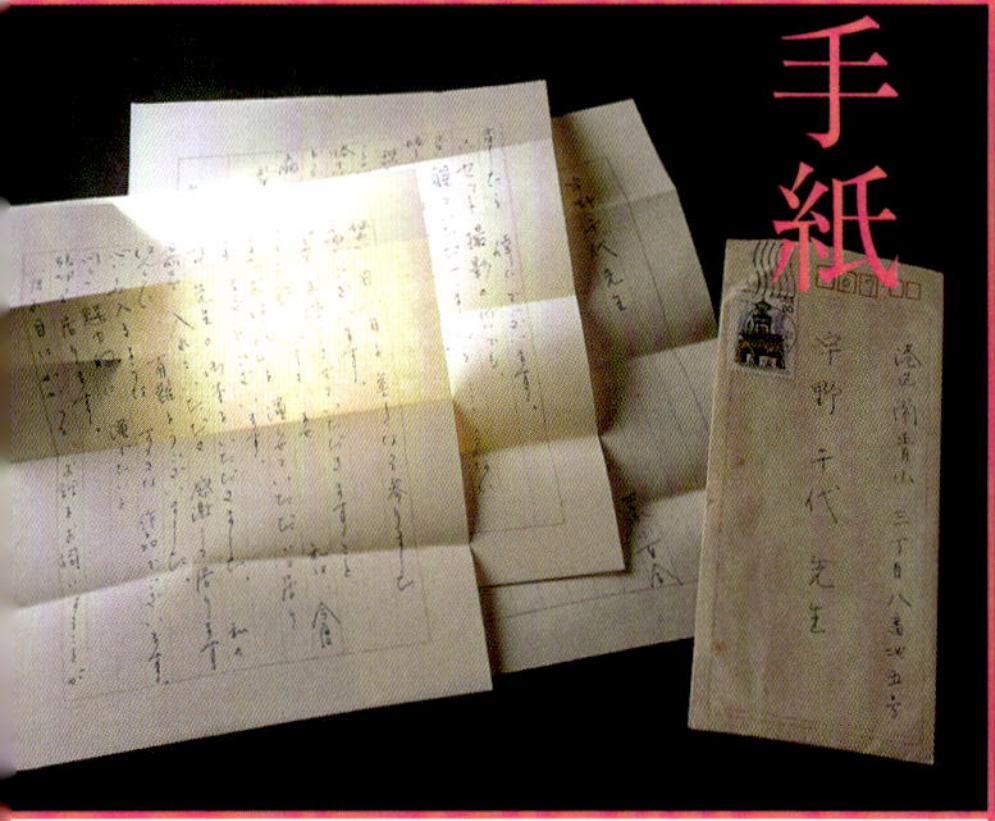

吉永小百合からの手紙。
「おはん」の映画でおはん役を演じた。
千代も吉永が大好きで、親しく交流した

三宅一生からの絵葉書の数々。
千代は晩年、
三宅デザインの服を着て話題を呼んだ

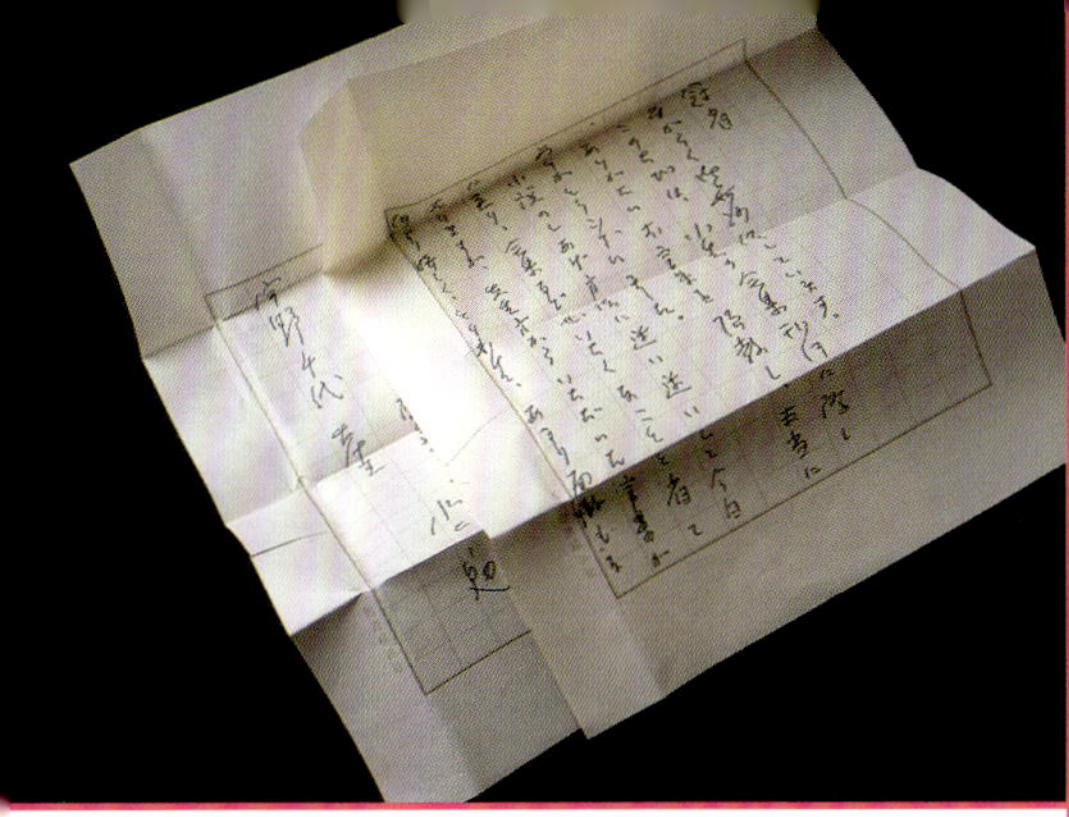

水上勉からの手紙。何かの折の礼状だろうか。
原稿用紙に丁寧でのびやかな文字

白洲正子からの手紙。
香港へ旅した折の白洲から、楽しい報告が届いた

三好達治からの手紙と、三好から贈られた花瓶。
二人のつき合いは長い。
千代に「三好達治さんへの手紙」という随筆もある

（中略）それが面倒ではなく、何とも言えない愉しいことであった」（『行動することが生きることである』）。几帳面でサービス精神旺盛な千代は、基本的に手紙好きで筆まめだった。返事も大切に保管した。いまでも、友人たちからもらった書簡は、そのままに残されている。

野上弥生子、大岡昇平、三好達治、三宅一生……。文学を競い合った人たちも俳優やデザイナーも、手紙からは千代との交流が垣間見える。

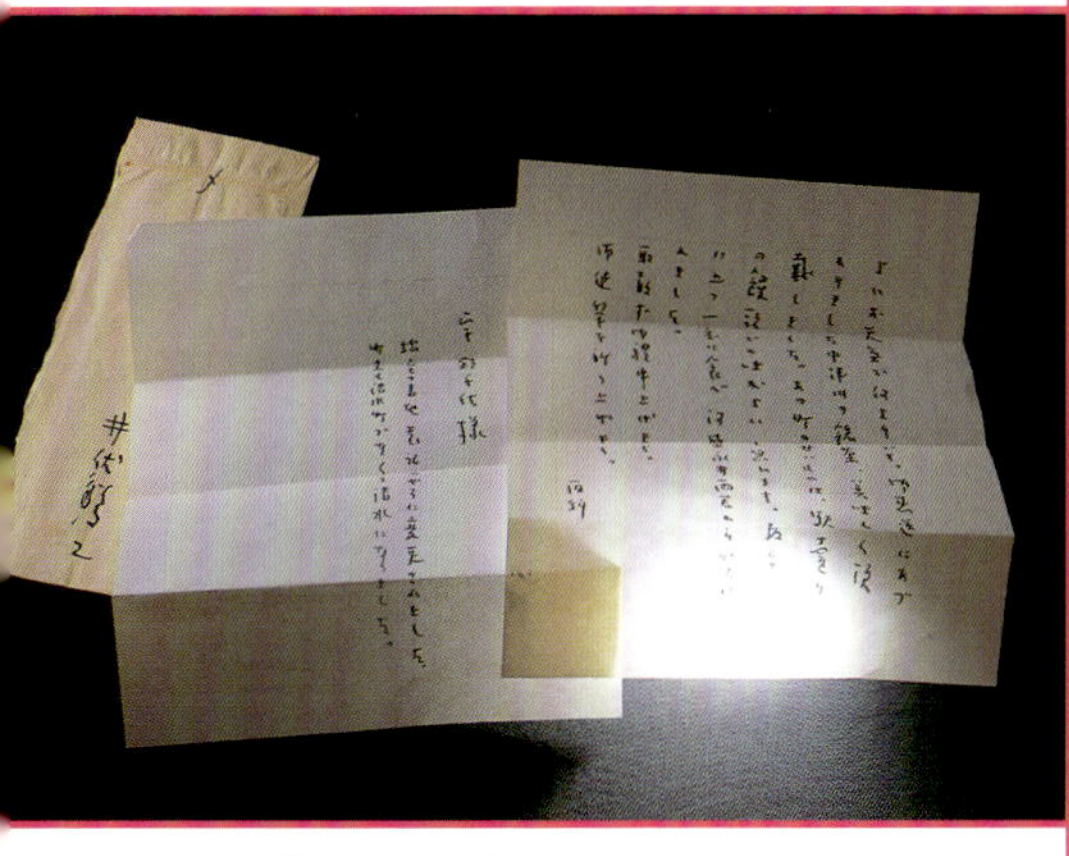

井伏鱒二からの手紙。
井伏は千代より一つ下の同年代。
簡潔な書簡が清々しい

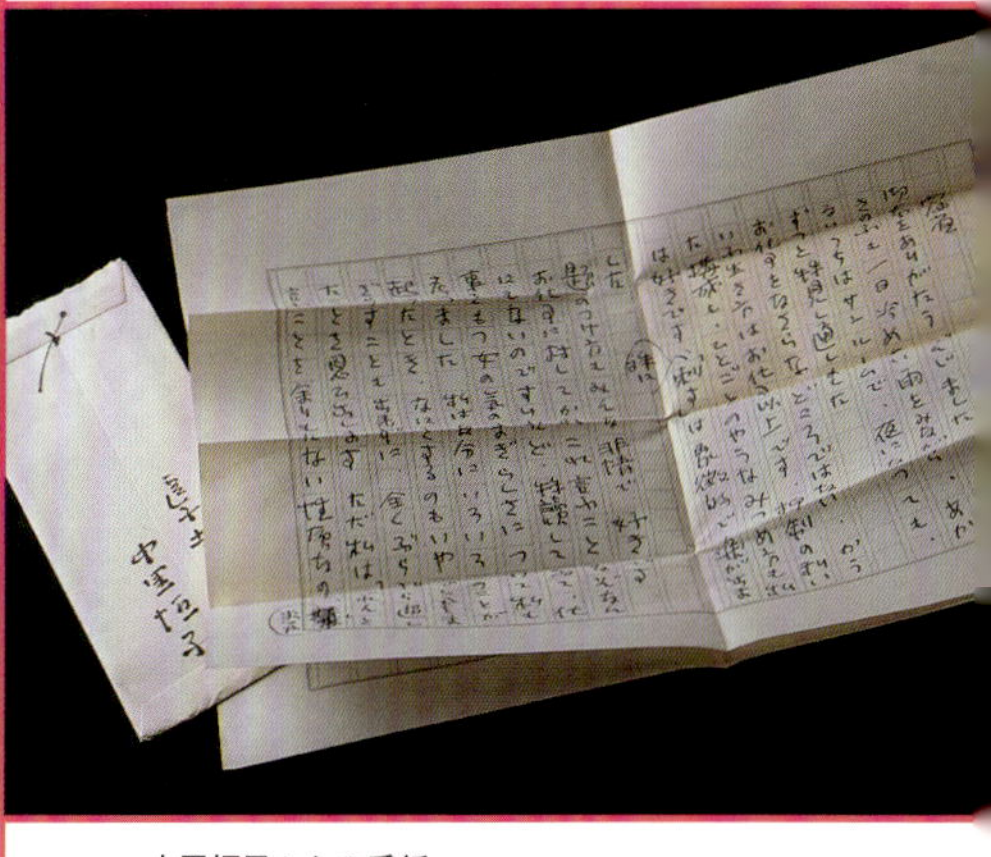

中里恒子からの手紙。
中里と千代は、昭和51年に共著
『往復書簡』を刊行した

Ⅶ 本の装い

大正十二年、処女作『脂粉の顔』の刊行から、九十八歳で亡くなる直前まで、出版した著作は八十余。それらを装ったのは、東郷青児や青山二郎、木村荘八など錚々たる顔ぶれである。モダンな香りを漂わせる本、満開の桜に包まれた本……。本のデザインは、文学者宇野千代にとって、大切なファッションであり、お洒落であった。

おはんとおかよ、二人の女の間を揺れ動く優柔不断な男が、その哀しくも浅ましい恋愛心理と懺悔を、独特の田舎訛りで語る。そんな「物語り」小説『おはん』は昭和を代表する名作であり、千代にとっても代表作の一つだ。昭和二十二年、自ら発行する雑誌「文体」に書き始め、その後「中央公論」に断続的に連載し、昭和三十二年に完成。十年の歳月をかけて書き上げた渾身の作だ。「自分の構想が最初にあって、それによって書き始めた最初の小説」であり、「始終、書き悩んでばかりいて、（中略）自分でも、最後まで書けないのではないかと思うこともたびたびだった」（「『おはん』について」）。最大の理解者として最後まで支えた中央公論社の嶋中社長も、「題名が悪いですよ。おはんですから」と冗談を言ったという。装幀を手がけたのは、連載時から挿画を描いた木村荘八。数ある著作の中でも、千代お気に入りの本である。

『脂粉の顔』（大正12年、改造社刊）。千代26歳時の処女出版。大正10年1月、「時事新報」の懸賞短篇小説に1等当選した作品が表題作の短篇集。薄紅のクロス地に白い箔が初々しい

左頁は代表作『おはん』（昭和32年、中央公論社刊）。当代一流の洋画家で、小説の挿絵でも名を馳せた木村荘八による、のびやかな題字と装画が目を引く一冊

おはん

モダンな香りに包まれた本

手前から、『罌粟はなぜ紅い』（昭和5年、中央公論社刊）、『女の愛情』（昭和21年、コバルト社刊）、『大人の絵本』（限定版、昭和6年、白水社刊）。いずれも東郷青児の装幀。当時、千代自身がお洒落な洋服に身を包んだように、本のファッションもまた、洗練された香りを放つ

昭和五年、フランス帰りの画家、東郷青児と出会ったことで、千代の作品世界は、一気に欧風モダンの雰囲気に包まれる。千代は、東郷の「うっとりするくらい、妖しい画」を身近に見、「その西欧的な抽象世界」に強く感銘を受ける。「先生の画のあの省略された線が、私の文学の眼を開いた」（「東郷青児の影響力」）、「その頃、私の好んで書いた幾つかの短い小説は、凡て、この青児の絵の模倣ではなかったかと思うのです」（『私の文学的回想記』）と振り返る。四年足らずの同居生活であったが、千代が東郷から受けた影響は大きかった。その当時、千代が書き、東郷の画が包んだ『罌粟《けし》はなぜ紅い』や『大人の絵本』は、まさしく二人の共同制作のモニュメントと言える。

『色ざんげ』（昭和10年、中央公論社刊）は、東郷青児の恋愛遍歴を小説化したと言われる作品。洋画家の鈴木信太郎が函に描いた、紅地に白いハイヒールがお洒落（下左）
『雌雄』（昭和11年、中央公論社刊）。装画は同じく鈴木信太郎。表紙全面に描かれるのは、アジサイの花である（下右）

［先生との36年］
⑦
藤江淳子

東郷先生の最期のポケット

東郷青児先生と別れた後も、宇野先生は、自分の恋敵とも言うべき夫人の盈子《みつこ》さんや、そのご長男の志馬さん、長女のたまみさんとも、ずっと親しく行き来していました。本当に純粋に、先生は東郷先生を尊敬していたのだと思います。東郷先生が手がけた装幀も、とても気に入っていました。

昭和五十三年、お二人の間で、『大人の絵本』の豪華本を作る話が出て、東郷先生は「あれをもう一ぺん出そう。いまなら僕はもっといい絵が書ける」と、九州旅行に出かけられました。帰ったらすぐ取りかかると約束されていたのですが、東郷先生は、何と旅先で急死されてしまったのです。先生の上着のポケットには、『大人の絵本』の原稿が入っていたそうです。旅先で読んで、どんな絵を描こうか、考えていらしたのでしょう。東郷先生はどれほど無念だったでしょう。それから宇野先生も……。このお話を思い出すたびに、涙が出ます。

青山二郎の美しい装幀

すべて、青山二郎装幀の千代の著作。『人形師天狗屋久吉』は、昭和18年刊（左端）、昭和22年刊の2冊とも袋綴じ（ともに文体社刊）。同時期に、『色ざんげ』（復刊、昭和21年、文体社刊）、『わたしの青春物語』（昭和22年、酣灯社刊）がある。その他、『往復書簡』（中里恒子共著　昭和51年、文藝春秋刊）、『ママの話』（昭和51年、中央公論社刊）、『水西書院の娘』（昭和52年、中央公論社刊）、『或る日記』（昭和53年、集英社刊）など、昭和50年代の作品も数多い

昭和十七年の出会いから、昭和五十四年に青山二郎が亡くなるまで、千代と青山の交流は終生続いた（104頁）。千代の著作の数多くは、尊敬するジィちゃんこと青山二郎の装幀である。とくに、聞書き体の金字塔的作品である『人形師天狗屋久吉』は、昭和十八年の初版、二十二年の復刻版、ともに青山の絵筆が冴える袋綴じ本で、傑作である。戦後に文体社から復刊した『色ざんげ』も、陶器の文様をモチーフにした青山らしい装幀本。昭和五十二年七月から一年間かけて刊行された『宇野千代全集』（全十二巻、中央公論社刊）の装幀を担ったのも青山だった。友人の本しか手がけず、やるとなったら手間も時間も惜しまなかった青山にとって、宇野千代の本は特別だったのだろう。

水西書院の娘
宇野千代
ママの話
宇野千代
往復書簡
宇野千代
中里恒子
人形師天狗屋久吉
人形師天狗屋久吉
宇野千代
る日記
宇野千代
宇野千代
わたしの青春物語

桜、花、小紋で飾る

戦地に赴いている北原武夫へ宛てて思いを綴った『恋の手紙』（昭和14年、中央公論社刊）、『妻の手紙』（昭和17年、甲鳥書林刊）は、どちらも一面に桜の花を描いた表紙。『妻の手紙』は文庫本サイズで、慰問袋に入れて戦地に送られたため、よく売れたとか。初の書き下ろし小説『雨の音』（昭和49年、文藝春秋刊）は、小紋柄の自装本

自らを「桜の千代さん」と言うほど、終生桜を愛した千代は、着物のデザインだけではなく、自著の装幀にも好んで桜の花を用いている。ことに晩年の著作の表紙には、千代デザインの桜の小紋が多い。二十年ぶりに万朶の花を咲かせた樹齢千二百年の名木と、複雑な人間模様をからめて描いた会心作『薄墨の桜』、ひたむきに歩いてきた自らの人生を描き出したベストセラー『生きて行く私』を筆頭に、枚挙にいとまがないほど。桜の表紙は、ファンへの一種のサインでもあった。また、『きもの読本』『私のきもの人生』などのように、桜以外の、普段の着物の小紋柄を生かした表紙も滋味にあふれる。千代の息遣いが伝わってくる装幀である。

桜の文様で飾られた本の数々。『薄墨の桜』（昭和50年、新潮社刊、三井永一装幀）、『生きて行く私』（上・下とも昭和58年、毎日新聞社刊）、『幸福の言葉』（平成14年、海竜社刊）など

『きもの読本』（昭和33年、ダヴィッド社刊）、『私のきもの人生』（昭和60年、鎌倉書房刊）、『幸福人生まっしぐら』（昭和55年、大和書房刊）など、藍地に白、茶に白の小紋という千代好みの渋い色合わせも、また美しい

『人形師天狗屋久吉』の特装本2種。巻頭に生原稿、挿画として手摺の多色木版画を入れた巻物2本仕立て（桐箱入り）のものは、限定15部。奥左は、七宝をはめこんだ布貼りの函と和綴じの本で、限定113部

特装本の世界

『生きて行く私』の特装本。桜の花びらが舞う布貼り表紙の本2冊組みで、限定500部。昭和59年、毎日新聞社より刊行された

『天風先生座談』特装本2種。手前は、佐多芳郎装画、函入りの布貼り表紙本で、平成2年に中央公論社から480部を刊行。奥は、革と布を用いた重厚な造り、昭和54年に二見書房刊、非売品

ここでは普段見る機会の少ない、特別の装幀を施した本を紹介しよう。文学者である一方で、着物のデザインの仕事を続けてきた千代は、小林秀雄の『ゴッホの手紙』（１０２頁）をはじめ、自らの帯地を切って表紙に用い、生原稿を綴じるという、「究極の一冊」をいくつかつくっている。また、出版社側からの要望で限定本を制作することも多かった。巻物あり、金箔あり、手間隙かけた、もう一つの宇野千代本の世界を堪能してください。

思い入れの深い特装本。『或る一人の女の話』は、自筆原稿を綴じて自らの帯地を表紙にした貴重な一冊。自筆題字の紙片をそのまま貼ったところに、手作り感がある。『風の音』は、小紋柄の布貼りで、限定300部。『花影』は千代とも親しかった大岡昇平の代表作の一つ。桜の花びらの舞う布貼りに、金箔の題字という瀟洒な造りに仕立てた

主な著作リスト

書名	刊行年月	出版社
『脂粉の顔』	大正12年6月	改造社
『幸福』	大正13年10月	金星堂
『白い家と罪』	大正14年1月	新潮社
『晩唱』	大正14年5月	文芸日本社
『新選宇野千代集』	昭和4年9月	改造社
『罌粟はなぜ紅い』	昭和5年11月	中央公論社
『大人の絵本』（限定本）	昭和6年5月	白水社
『オペラ館サクラ座』	昭和9年5月	改造社
『色ざんげ』	昭和10年4月	中央公論社
『あいびき』	昭和11年3月	新陽社
『雌雄』	昭和11年4月	中央公論社
『別れも愉し』	昭和11年11月	第一書房
『恋愛読本』	昭和12年5月	中央公論社
『ひとの男』	昭和12年10月	版画荘
『月夜』	昭和13年11月	中央公論社
『女の愛情』	昭和14年1月	鱒書房
『恋の手紙』	昭和14年11月	中央公論社
『或る客間での物語』	昭和16年12月	スタイル社出版部
『妻の手紙』	昭和17年10月	甲鳥書林
『人形師天狗屋久吉』	昭和18年2月	文体社
『日露の戦聞書』	昭和18年12月	文体社
『別れも愉し』	昭和21年8月	民風社
『色ざんげ』	昭和21年9月	文体社
『わたしの青春物語』	昭和22年9月	酣灯社
『ピイピイ三吉』	昭和22年12月	国民図書刊行会
『私のお化粧人生史』	昭和30年11月	中央公論社
『宇野千代きもの読本』	昭和32年4月	長嶋書房
『おはん』	昭和32年6月	中央公論社
『きもの読本』	昭和33年9月	ダヴィッド社
『女の日記』	昭和35年10月	講談社
『刺す』	昭和41年2月	新潮社
『風の音』	昭和44年10月	中央公論社
『貞潔』	昭和45年2月	講談社
『親しい仲』	昭和45年7月	講談社
『天風先生座談』	昭和45年11月	二見書房
『或る一人の女の話』	昭和47年2月	文藝春秋
『私の文学的回想記』	昭和47年4月	中央公論社
『幸福』	昭和47年11月	文藝春秋
『雨の音』	昭和49年3月	文藝春秋
『恋は愉しいか』	昭和49年7月	大和書房
『薄墨の桜』	昭和50年4月	新潮社
『八重山の雪』	昭和50年10月	文藝春秋
『往復書簡』（中里恒子共著）	昭和51年3月	文藝春秋
『ママの話』	昭和51年5月	中央公論社
『水西書院の娘』	昭和52年3月	中央公論社
『宇野千代全集』全12巻	昭和52年7月～53年6月	中央公論社
『或る日記』	昭和53年4月	集英社
『残っている話』	昭和55年1月	集英社
『幸福人生まっしぐら』	昭和55年4月	大和書房
『青山二郎の話』	昭和55年11月	中央公論社
『悪徳もまた』	昭和56年5月	新潮社
『或るとき突然』	昭和56年10月	中央公論社
『幸福を知る才能』	昭和57年8月	海竜社
『生きて行く私』（上）（下）	昭和58年8月	毎日新聞社

千代は童話も残している。『ピイピイ三吉』は昭和22年、国民図書刊行会から発行。『私のおとぎ話』は昭和60年、中央公論社刊

『色ざんげ』や『風の音』『或る一人の女の話』の翻訳本の数々。アメリカ、イギリス、フランス、ドイツ、スペインなどで発行されている

自伝的小説の一作『或る一人の女の話』（昭和47年、文藝春秋刊）と、装幀挿画を手がけた画家、中村貞以による原画

『続・幸福を知る才能』	昭和59年1月	海竜社
『或る男の断面』	昭和59年3月	講談社
『自伝的恋愛論』	昭和59年5月	大和書房
『生きて行く私　人生相談篇』	昭和59年9月	毎日新聞社
『私はいつでも忙しい』	昭和59年10月	中央公論社
『私は幸福昔もいまもこれからも』	昭和60年2月	海竜社
『私のおとぎ話』	昭和60年2月	中央公論社
『私のきもの人生』	昭和60年5月	鎌倉書房
『幸福は幸福を呼ぶ』	昭和61年4月	海竜社
『私の作ったお惣菜』	昭和61年9月	海竜社
『普段着の「生きて行く私」』	昭和61年11月	毎日新聞社
『しあわせな話』	昭和62年5月	中央公論社
『倖せを求めて生きる』	昭和62年10月	海竜社
『行動することが生きることである』	昭和63年10月	海竜社
『宇野千代振袖桜　ちょっと自伝』	平成元年3月	マガジンハウス
『一ぺんに春風が吹いて来た』	平成元年6月	中央公論社
『淡墨の桜』愛蔵版	平成2年4月	海竜社
『私のしあわせ人生』	平成2年6月	毎日新聞社
『恋愛作法』	平成3年1月	海竜社
『生きる幸福　老いる幸福』	平成4年3月	海竜社
『私は夢を見るのが上手』	平成4年12月	中央公論社
『私の幸福論』	平成5年1月	海竜社
『幸福に生きる智恵』	平成5年5月	講談社
『私の長生き料理』	平成5年6月	海竜社
『私の作ったきもの』	平成6年5月	海竜社
『人生学校』	平成6年11月	海竜社
『私何だか死なないような気がするんですよ』	平成7年12月	海竜社
『不思議な事があるものだ』	平成8年7月	中央公論社
『大人の絵本』	平成9年8月	角川春樹事務所
『百歳ゆきゆきて』	平成14年3月	世界文化社

年譜

駆け抜けた九十八年の軌跡

西暦	年号	年齢	
一八九七	明治30	0	十一月二十八日、山口県玖珂郡横山村（現・岩国市）に宇野俊次、トモの長女として生まれる。
一八九九	明治32	2	母・トモ死去。翌年父が佐伯リュウと再婚。のちに薫、鴻、勝子、光雄、文雄の四男一女をもうける。
一九一〇	明治43	13	岩国尋常小学校を卒業。岩国高等女学校に入学。
一九一一	明治44	14	従兄藤村亮一のもとに嫁入りするが、十日ほどで戻る。
一九一三	大正2	16	父・俊次死去。
一九一四	大正3	17	川下村の小学校の代用教員となる。
一九一五	大正4	18	恋愛が原因で同校を退職、一時京城に渡る。
一九一七	大正6	20	従兄の藤村忠の進学に伴い上京、雑誌社の事務員、家庭教師、給仕などをする。
一九一九	大正8	22	藤村忠と結婚。
一九二〇	大正9	23	藤村の就職先である札幌に共に移住。
一九二一	大正10	24	「脂粉の顔」が「時事新報」の懸賞短篇小説の一等に選ばれる。
一九二二	大正11	25	単身上京、尾崎士郎と出会う。「墓を発く」「巷の雑音」を「中央公論」に発表、作家として活動を始める。
一九二三	大正12	26	尾崎士郎と馬込村に移る。初の短編集『脂粉の顔』（改造社）を刊行。
一九二四	大正13	27	藤村忠と正式に離婚。
一九二六	大正15	29	萩原朔太郎を知る。尾崎と正式に結婚。この頃から麻雀をはじめる。
一九二七	昭和2	30	川端康成に誘われて、はじめて伊豆湯ヶ島に逗留する。このころ川端、三好達治ら文士たちが馬込に集う。
一九三〇	昭和5	33	世田谷で東郷青児と暮らしはじめる。尾崎と離婚。
一九三一	昭和6	34	淡島に近代的な西洋風の家を新築する。
一九三四	昭和9	37	東郷と別れる。
一九三五	昭和10	38	『色ざんげ』（中央公論社）を刊行。
一九三六	昭和11	39	スタイル社を興し、日本初のファッション専門誌「スタイル」を創刊。
一九三七	昭和12	40	千駄ヶ谷に転居。
一九三九	昭和14	42	北原武夫と結婚、小石川に新居を構える。
一九四一	昭和16	44	北原と満州、中国を旅行するも弟光雄危篤の報を受け、ただちに帰国。
一九四二	昭和17	45	『人形師天狗屋久吉』を発表。このころ青山二郎、小林秀雄を知る。
一九四四	昭和19	47	戦況の悪化に伴い「スタイル」は休刊。熱海へ疎開、さらに翌年壬生に移る。
一九四六	昭和21	49	「スタイル」を復刊。銀座に社屋を構える。
一九四七	昭和22	50	「おはん」の連載を始める。
一九四九	昭和24	52	「宇野千代きもの研究所」を設立。
一九五〇	昭和25	53	木挽町に家を新築。社屋の一階に「スタイルの店」を開店。
一九五一	昭和26	54	宮田文子とヨーロッパを旅行。

一九五二	昭和27	55	スタイル社の脱税が明るみに出て、苦境に陥る。
一九五六	昭和31	59	青山南町に転居。
一九五七	昭和32	60	シアトルの博覧会に自作の着物を出品するためアメリカに滞在。『おはん』(中央公論社)を刊行、12月に第五回野間文芸賞を、翌年には第九回女流文学者賞を受賞。
一九五九	昭和34	62	スタイル社が倒産。多額の借金を背負う。
一九六四	昭和39	67	借金の全額返済を機に、北原と離婚。「天風会」に入会。
一九六七	昭和42	70	那須に土地を購入し、別荘を建てる。「株式会社宇野千代」を設立。
一九七〇	昭和45	73	岐阜県根尾村に淡墨の桜を見に行く。
一九七一	昭和46	74	「幸福」その他により、第十回女流文学賞を受賞。
一九七二	昭和47	75	第二十八回芸術院賞を受賞。
一九七四	昭和49	77	勲三等瑞宝章を受章。
一九七五	昭和50	78	『薄墨の桜』(新潮社)を刊行。
一九七七	昭和52	80	中央公論社から『宇野千代全集』の刊行が始まる。
一九七八	昭和53	81	終の住処となる南青山の自宅が完成。
一九八二	昭和57	85	第三十回菊池寛賞を受賞。「毎日新聞」で「生きて行く私」の連載が始まる。翌年単行本としてまとめられ、ベストセラーになる。
一九八五	昭和60	88	帝国ホテルで「米寿を祝う会」が開かれる。
一九九〇	平成2	93	文化功労者として顕彰される。
一九九六	平成8	98	六月十日、没。岩国の教蓮寺に眠る。
二〇〇六	平成18		南青山の梅窓院に墓所を建立。

宇野千代の生家が一般公開

宇野千代の原点、岩国の生家が、2006年より一般公開されています。紅殻格子と白い漆喰の壁の平屋は、千代が喜寿の年に復元改修したもの。明治の趣を伝える家屋内と、もみじの美しい庭を鑑賞できる。春と秋の年2回、特別企画展を開催。

NPO法人　宇野千代生家
山口県岩国市川西2-9-35　電話0827-43-1693
JR岩徳線川西駅から徒歩7分、錦帯橋から徒歩20分
開館時間10時〜16時、火曜休館、入観料200円

東京・青山にも墓所を建立

2006年6月10日、没後10年を記念して、40年間暮らした南青山の家にほど近い梅窓院に、宇野千代の墓所が建立されました。香川産のあじ石に、千代の文字で「幸福は幸福を呼ぶ」。桜の花も彫られ、明るいモニュメントとなっています。岩国の教蓮寺とあわせて、ぜひお参りください。

梅窓院
東京都港区南青山2-26-38　電話03-3404-8447
東京メトロ銀座線外苑前駅1b出口を出て目の前

［編集協力］
藤江淳子
樋口友康
藤江桂子
藤本由美子
＊＊＊＊＊＊＊
オフィス宇野千代

［写真撮影］
小林庸浩
＊＊＊＊＊＊＊
福田勝治（p6 上右、p7 下 2 点）
角田誠（p75 上、p76 下 2 点）
岐阜県本巣市（p98 上左）

［ブックデザイン］
中村香織

［地図・間取り図制作］
尾黒ケンジ

★本文中、宇野千代の引用文は、中央公論社刊『宇野千代全集』第1巻～第12巻を元にしました。全集に収録されていない随筆作品については集英社文庫、『生きて行く私』は角川文庫から引用しました。

★本書収録の写真で撮影者が明らかでなく、連絡のとれないものがありました。ご存知の方はお知らせください。

とんぼの本

宇野千代《うのちよ》　女《おんな》の一生《いつしよう》

発行　2006年11月25日
3刷　2013年9月15日

著者　宇野千代《うのちよ》　小林庸浩《こばやしつねひろ》 ほか
発行者　佐藤隆信
発行所　株式会社新潮社
住所　〒162-8711　東京都新宿区矢来町71
電話　編集部　03-3266-5611
読者係　03-3266-5111
http://www.shinchosha.co.jp
印刷所　錦明印刷株式会社
製本所　加藤製本株式会社
カバー印刷所　錦明印刷株式会社

ISBN978-4-10-602150-3 C0390